集英社オレンジ文庫

つばめ館ポットラック

～謎か料理をご持参ください～

竹岡葉月

本書は書き下ろしです。

つばめ館ポットラック

もくじ

つばめ館ポットラック
人物紹介

Tsubamekan Potluck

小田島沙央（おだじま さお）

怪我で柔道をあきらめ、普通の女の子になるべく東京の女子大に進学し、つばめ館に入居した。料理や掃除などの家事全般が苦手。

響木宗哉（ひびき そうや）

つばめ館に住む大学一年生。男にしては小柄で線が細いが、性格は辛辣。料理が得意で、沙央の女子力をスパルタで鍛える。

響木ナツミ（ひびき なつみ）

宗哉の親戚……？

学生専用アパート「つばめ館」の大家。月に一度、入居者を集めて手料理持ち寄りのポットラックパーティーを開催する。大らかなエレガントマダム。

つばめ館に住む大学四年生。美人だが、得意の手料理はガッツリ肉の豪快系。顕正には手厳しい。

つばめ館に住む大学三年生。京都の寺の息子で、チャラいイケメン。ポットラックにはもっぱら金にものを言わせたお惣菜で参加する。

イラスト／サコ

Tsubamekan Potluck

つばめ館ポットラック

～謎か料理をご持参ください～

一品目　茶巾握りと幽霊坂

高二の秋に傷めた膝がいよいよ駄目な感じになって、その年の高校選手権も講道館杯もふいにして、再起をかけた高三のインターハイは現地に行くどころか、病院で主治医の最悪な宣告を聞くはめになっていた。

沙央はスポーツ外傷で有名な地元総合病院の、中庭に置かれたベンチに座っている。ぽかんと口を開けて、けっこうな間抜け面で。どこからともなく聞こえてくるセミの声をBGMに、白飛びしそうな真昼の空を両目に焼き付けようとしている。

日差しは凶悪きわまりなかったが、ベンチの端に引っ掛けた松葉杖で現実に引き戻されるよりは、ずっとましだった。

「小田島あ」

なんですかあ、先生。

同じベンチに座る中年男性は、ずんぐりむっくりの熊に似ているが、沙央が所属している新潟県立新潟光高校の柔道部顧問だ。監督と副顧問は、現在開催中のインターハイの引率や、二軍の指導に忙しい。

　顧問とて暇ではないだろうに、戦力外になった生徒のために診察室までつきあってくれるとは思わなかった。

「どうする。もう一度だけ、一からチャレンジしてみるか。気長にリハビリしていけば、大学でまた柔道ができるかもしれないぞ」

「いやあ、それは無理でしょう先生」

「小田島……」

「主治医の先生も、そうおっしゃってましたよね。元通りにはならないって」

　沙央は顧問に向かって、日に焼けた顔をほころばせた。

　いわく、日常生活に支障はなし。軽い運動もできるし、なんならここまでの成績を使って、どこぞの大学の柔道部に潜り込むことはできるかもしれない。でもそれまでだろう。部内のレギュラー争いすらおぼつかないのがわかる状態で、果たして柔道ができると言えるのか。

　全日本や世界大会、オリンピックの名がつく試合を目標にしてきた沙央にとって、それはもう『できない』も同然だった。

「先生。わたし、柔道辞めようと思います」

右手で松葉杖を持ち、先端を中空へ向ける。

夏の空に描いた『∞(むげん)』のマークは、可愛(かわい)いリボンのつもりだった。

「で、今度は普通の女の子になるんです」

「……ふつうの、おんなのこ」

「そうです。今まで練習、練習、たまにゲロ吐いてまた練習で、なんにも女子らしいことしてこなかったじゃないですか。だから大学行ったらお洒落(しゃれ)して恋して彼氏とか作っちゃって、そういう普通の女子っぽいことといっぱいするんですよ」

沙央の希望を聞く顧問は、非常に複雑な――鳩が豆鉄砲どころか機関銃をくらったような表情をしていた。なんだろう、そんなに突飛(とっぴ)なことを言っただろうか。

「だめですかね」

「駄目とは言わんが……そうか、小田島は普通になりたいのか」

「はいできれば」

「それなら試してみるのもいいかもな。一度しっかり取っ組み合ってみろ、普通ってもんと」

「ですからそういう取っ組み合いとか、物騒なのやめたいんですよ」

「はっはっは」

ヒグマ風味の顧問がダミ声で笑うと、周りの空気までびりびりと震えて、病院の中庭一帯に響き渡っていく気がした。

かくして沙央はいにしえの引退作法にのっとり、マイクの代わりに柔道着を畳に置いて引退した。その後は『普通の女の子』になろうと思ったのである。

自分の考える普通が、本当に普通なのかも知らないまま——。

＊＊＊

大学に合格して、上京して入居したアパートは少し変わっていた。

名前はつばめ館という。東京都は文京区小日向にある、学生専用の集合住宅だ。

何度も増築とリフォームを繰り返したという洋館風の建物は、遡れば戦前にまで行き着くらしい。今も共用廊下の照明器具や、階段の踊り場部分にあるステンドグラスなどに、当時の面影が色濃く残っている。各自の部屋に、冷暖房とインターネット回線が備わっているのが奇跡のようなレトロ物件だ。

それだけでも充分趣深いのだが、アパートは月に一回、大家さんのお声がかりでパーテイーが開かれるのだ。

「小田島さん、お味はいかが？　お口にあうかしら」

場所はつばめ館一階にある、入居者専用ラウンジだ。これは建物から半円形に突き出たサンルーム部分を、賃貸用にリフォームはせず、談話室として開放してくれているのである。そこで、自分の体育会系人生では到底めぐり合わなかった上品な言葉遣いの女性と、お料理を囲んで談笑するのである。

大家の柳沢福子（やなぎさわふくこ）は、いつも綺麗（きれい）な色のニットやブラウスを着て、グレイヘアと顔色が映えるリップも塗って、山の手のエレガントなおばあちゃまという言葉がぴったりくる人だ。

「それはもう、大変おいしいです」

沙央は頬（ほお）を紅潮させて答える。決して嘘ではない。

席についている六人掛けの丸テーブルには、福子が庭から摘（つ）んできて活（い）けたという薔薇（ばら）の花以外にも、夢のようなご馳走（ちそう）がいっぱいだった。

「このほうれん草とチーズが入ったラビオリというものは、初めて食べました。もちもちで、イタリアの餃子（ギョーザ）みたいでおいしいです。あとカレン先輩のスペアリブ煮込みも、お醤油（しょうゆ）とハチミツが味染み染みで素敵でしたし、五目のおいなりさんも、顕正（けんしょう）先輩の点心（てんしん）も、みんなみんな最高です」

「そう。デザートに、レモンとメレンゲのパイもありますからね。この後に皆さんでいただきましょうね」

「はい！」

ああもう、わたしってば幸せすぎて死ぬんじゃないの。沙央は率直に思った。

レモンとメレンゲのパイ。食べたことはないが、きっとおいしいものに違いない。

（ほんと次から次へとご馳走だらけで、最高だわ。つばめ館ハラショー）

三月末に入居して、四月に五月とこれで二度のポットラック・パーティーを体験したわけだが、どちらも外れなしなのはすごかった。大家さん様々である。

「――ほんと図々しいよな。一人だけタダ食いしてるやつが」

うっ。

沙央は喜びから一転、ぎくりと斜め向かいをうかがった。

そこには沙央が今まさに箸でつまんで食べようとしていた、お揚げも甘い五目いなり寿司を製作した男子学生がいて、テーブルの向こうからじっとりとこちらをねめつけてきたりするのである。

彼は沙央と同じ日に入居してきた大学一年生で、名を響木宗哉という。

「……タダ食いとは、また酷い」

「ポットラックのルールは知ってるだろ？　小田島がなんか持ってきたことあるか？」

青年というより少年寄りの線の細さは、好みが分かれるところかもしれない。沙央としてはもう少し筋肉と日焼けを足して、長い前髪を切ってくれと思っている。陰のある顔が、少しは明るく見えるだろう。あと頼むから辛辣な物言いを減らしてくれとも。

彼が言っているのは、このつばめ館における、月一パーティーのルールである。

『鍋（ポット）の中に、何が入っているかは運（ラック）次第』から転じて、あり合わせの料理を指す言葉になり、今ではポットラックと言えばみんなであり合わせの料理を持ち寄る気軽な会として、アメリカやカナダなどでは定番化。日本でもそこそこ浸透してきている文化だという。

ハイカラでハイソな大家さんは、ポットラックの言葉が日本にやってくる前からこの持ち寄りパーティーをつばめ館で主催し、腹ぺこの入居者に手料理をふるまってきたそうだ。

そして建前が一人一品持ち寄りである以上、参加者もなんらかの料理を持ってくるのがマストなのである。

「……持っては、きてますよ。一応。毎回。ナニイッテルンデスカ」

「百均の紙皿と紙コップをか？」

気まずさに目をそらし敬語になる沙央に、宗哉は容赦(ようしゃ)がなかった。せめてカトラリー係と言ってほしかった。

（いや、だって、まだ無理なものは無理なんだよ）

柔道三昧(ざんまい)の練習漬けから引退して、新潟から上京して、掃除(そうじ)と洗濯(せんたく)は自爆しながらなんとかこなしている。だが、料理はなんかダメだ。苦手な感じが服を着て踊っている。この状態で人様にお出しできるパーティー料理など、とても作れる段階にない。

「無理なら紙皿だけでもいいって、福子さんに言われてるし……」

「そこで甘えられる神経が信じられないよな。ちょっとは努力するか遠慮(えんりょ)するかしないか？」

「ううう」

「宗哉は厳しいなあ。そんなに言わなくたっていいだろう」

助け船を出してくれたのは、つばめ館の先輩たちだった。

（顕正先輩！）

大学三年生の堀下(ほりした)顕正は、つねに自分の周りにキラキラの粒子を纏(まと)わせている人だ。アッシュ系の流行色に染めた髪にパーマをかけて襟足(えりあし)を刈り上げ、ボストンタイプのお洒落な眼鏡をかけて、シンプルながらも気の利いた服装も含めて、画面から抜け出てきたアイドルのようだと思う。

「そうそう。顕正だって自分じゃ作らないで、毎回デパ地下とかで済ませてるんだから」

対する浜木綿カレンは、つばめ館最年長の貫禄がある。目鼻立ちのくっきりしたラテン顔の美女で、顕正のオーラに負けていないのはさすがである。

「その財力もないから責められてるんですよう、顕正先輩にカレン先輩」

解説するのも悲しくなってきた。

「そうだ。僕が沙央ちゃんのぶんまで買っておこうか?」

「やめてください顕正先輩。お金に目がくらんで好きになりそうです」

本気でまずいので丁重にお断りした。

福子はここまで誰の味方にもつかず、「若いっていいわねえ」とただ沙央たちを眺めてにこにこしている。

今のところいくつか空室がありつつも、学生専用アパートつばめ館の入居者と関係者は、これで全部であった。

つまり料理らしい料理が用意できず、紙皿だけ引っさげてポットラックに出ているのは沙央だけなのである。

「響木君。沙央ちゃんはまだ慣れてないんだから、同じようには難しいんじゃないの？　できる限りでいいじゃない」

「そうやって小田島が初めから挑戦しない理由を、周りが与えちゃいけないと思うんですけど。金かけないで一品作るなんて簡単じゃないですか」

でもなー、同い年で家事万能、料理するにもお揚げ煮るところからおいなりさん作っちゃう男子って、ちょっとできすぎ通り越してうさんくさくないですかー。

もりもり食べたご馳走の事実を棚に上げつつ、ひがみめいたことを考えていた、その時である。

沙央がいる建物の外から、妙に甲高く不安を煽る、ホラー映画ばりの悲鳴が響いてきた。さらには犬の吠え声まで混じって聞こえてくる。

「あらあら、セールスの人かしら」

福子が表の様子をうかがう。

この悲鳴は本物の人の悲鳴ではなく、年代物の門扉が開閉する時に出る音だ。

そしてワンワン言っている犬のもち丸は、大家の福子が離れの自宅で飼っている柴犬である。つばめ館と共通の門が見える縁側が定位置のもち丸は、知らない人が敷地に入ってくると、興奮してよく吠えるのだ。

「あの門扉、いい加減業者さんに修理していただかないと」

「立て付けだけなら、僕が直しときましょうかー？」

「そのままでいいんじゃないの。どっかの誰かのお持ち帰り防止になるでしょ」

「えー」

ラウンジを出ていく福子に顕正が声をかけ、カレンが容赦なく突っ込んでいた。

沙央に厳しいのが宗哉なように、顕正に厳しいのがカレンなのである。

「ともかく小田島。この次のポットラックこそ、なんか作れよな」

見よ。このビルの屋上に立って、地表のダンゴムシを見下ろすがごとき上から目線よ。

「……ソーヤ君に強制されるいわれは、ないっ」

「な、こいつ」

「言い方がむかつく！」

素直に聞いてやる気には、とてもなれなかった。

拝啓、柔道部顧問（こもん）の先生。つばめ館での一人暮らしは、わりと楽しいです。でもこの激しく口うるさい野郎君とは、なかなか仲良くなれそうにありません。

沙央が顧問と約束した『普通の女の子』の暮らしは、おおむねそんな感じでスタートしていた。

＊＊＊

そしてまた日はめぐり、月半ばのポットラック・パーティーのお知らせが、玄関ホールの掲示板に貼り出される時期がやってくるのだ。

（今月もラウンジで開催かあ……）

他にはゴミの出し方に、地域の防犯情報云々。用紙もフォントもバラバラな入居者各位のお知らせを適当に眺めつつ、沙央は大学へ行くためにつばめ館を出た。

ここつばめ館は、文京区小日向にある。一番近い駅は、東京メトロ丸ノ内線の茗荷谷駅だ。その名の通り、古くは茗荷谷町と呼ばれていたエリアである。地下鉄のはずの赤い車体が、このあたり一帯だけ地上に出てきてしまうように、茗荷の『谷』は小日向台地と小石川台地に挟まれた、起伏の激しい場所にあった。

沙央がキイキイと不快な音をたてる門扉を開けると、すぐ目の前の道が下り坂になっている。

（坂――だ）

スマホで一帯の地図を見た時、この坂には切支丹坂と名前がついていた。

坂道は真っ直ぐ住宅街の間を抜け、丸ノ内線のガード下を抜けるトンネルへと繋(つな)がっている。

線路の反対側へ行けるのは、近場ではこのトンネルぐらいなので、利用者がまったくいないわけではない。しかしコンクリート製のトンネル内は朝でもほとんど光が入らないので、ただ真っ黒い穴が空いているだけのように見えるのが、不気味といえば不気味だ。たとえばゴール地点に巨人の口が開いていて、その大きな口に向かって自ら降りていくような妄想がむくむくと。

「……やめよう。縁起(えんぎ)でもない」

毎度毎度その手の微妙な想像を振り切って、切支丹坂とは別の道を歩き出すのが、沙央の日課になっていた。

しばらく閑静(かんせい)な住宅街の中を歩いていくと、一足先につばめ館を出たらしい、響木宗哉の姿を見つけた。

(お、前方に口うるさい野郎君を発見)

格好自体はごくごくオーソドックスな、半袖(はんそで)のパーカーにデニムと斜めがけのメッセンジャーバッグという、一般的な大学生スタイルだ。背丈は女子平均身長の沙央よりいくらか高い程度なので、男子にしてはやや低めか。あいにくと信号待ちのところで追いついてしまったが、気まずいので斜め後ろの立ち位置をずっと確保していた。

「——おい」

「ひっ」

いきなり観察対象がこちらを振り返ったので、沙央は固まった。心臓に悪い。

「ガン無視かよ。露骨すぎないか」

「いやあ……そんなことは……」

ないよ、という最後の台詞(せりふ)は、走っていった車のエンジン音の方が大きくてかき消えた。

「仮にも同じアパートの住人だろ。会って挨拶(あいさつ)もできないって、終わってないか」

「そ、そうですね。おはようございます」

「玄関ホールの掲示板に、ポットラックの知らせが出てたな」

不機嫌そのものな声だが、もしかして彼にとっては、これもさわやかな朝の挨拶と雑談のつもりなのだろうか。

(もったいない)

空はなかなかの晴天で、この先も天気が崩れることはないと予報が出ていたが、宗哉の態度はいつも険があって表情に陰ができてしまっている。顔だち自体は、意外と可愛(かわい)い顔をしていると思うのだが。

「時に小田島。俺は小田島に、味噌を貸していたはずだ」

「あ、うん。切れてた時だったから助かった……」

「単三電池も分けてやったし、カレーの匂いを嗅ぎつけてきた時は、文句も言わずにおかわりまで食べさせてやった」

「一階の階段横に部屋があって、スルーは難しかったよあれは！」

本当に魅惑の香りを、つばめ館中に漂わせていたのである。しかも食べたらおいしかった。トマトがたっぷり入った夏チキンカレー。

「沢山あるから食べろと言ったが、あれは嘘だ。実は作り置きのぶんがなくなったのは痛かった」

「えっ、そうなの。ごめん！」

「別に謝る必要はない。数を見誤った俺の判断ミスでもある。ただ小田島。小田島は、俺に借りがある状態だってことはわかってもらえると思う」

そして彼は、近くで沙央の目を見たまま言った。

「次のポットラック。ハンデはなしにしてくれ」

「へ？」

「紙皿参加はなしで」

「……えーっと、それはつまり……」

宗哉の顔は、真面目も大真面目だった。およそ冗談を言っている感じではなかった。

「小田島も、そろそろ対等でいくべきだと思う」

あの件、まだ諦めていなかったのか。

「も、もしどうしても用意できなかったら？」

「自分で考えろよ」

「ソーヤ君！」

「本来のルールにのっとることだけ考えれば、答えはすぐに出るだろ」

参加するなと言いたいのか。

「じゃ、俺の大学こっちだから」

呆然としている間も足の方は動いていたらしく、宗哉が通っている栄拓大学の正門前にいた。

茗荷谷は、坂道ばかりの古い町だが、他に特徴をあげるとするならとにかく学校が多い。つばめ館から歩いていける範囲だけでも、私大があり女子大があり短大があり、国立大学に付属の幼稚園に小学校まであって、文京区というより文教区だろと言いたくなるキャンパス多発地帯なのだ。

宗哉の栄拓大や、沙央が通っている睦学院女子大も、そのあまたある教育施設のうちの一つである。

他の栄拓大生に混じって、響木宗哉が大学の中へ消えていく。地味と無難に手足が生えたような格好の背中が、レンガ造りの重厚な校舎に吸い込まれていった。

「卑怯者っ」

思わず言ってしまった。今さらそんな、実は有料でしたみたいな交換条件を出さなくてもいいだろうに。

(――カレー食べなきゃ良かった！)

まさか胃の中から返すわけにもいかず、沙央は歯がみするしかないのである。

それにしたって、何故そこまで沙央に料理を作らせたがるのだ。食いしん坊君か。いやむしろ、ルール遵守にこだわる潔癖さがなせる業かもしれない。

融通がきかない堅物め。

「みーたーぞー」

その声は背後から忍びより、沙央の目の前へと現れた。

「今の何？　痴話げんかってやつ？　沙央ってば栄大生の彼氏とか、いつのまに作ってんの」

「鹿乃ちん……」

相葉鹿乃子は、好奇心に大きな目をきらきらと輝かせていた。

彼女はこの先にある睦学院女子大で、同じグローバルコミュニケーション科を専攻している友人だ。

外見だけならお上品な女子大コーデを完璧に死守している鹿乃子だが、沙央と同じように地方から受験してきた外様学生である。『いっちょなってやるか、普通の女子大生ってやつによう』と無謀な野心を抱いているあたり、沙央とは同志で意見が一致しているのである。

「違うよ。彼氏じゃない。同じアパートの知り合い」

「アパートって、例の学生専用の？」

「そう」

「いいなあー、男子もいるんだ。けっこう可愛い顔してたよね」

「そ、そうかなあ」

「他にはどんな人がいるの？　格好いい人いる？　紹介してよ」

そう言われましても。

宗哉はご覧の通りの堅物塩対応野郎君で、もう一人の顕正は、格好いいにしても触るな危険とカレンに厳命されているのである。

「…………律開大の経営学部に通ってる人が一人いるけど、紹介とかはたぶん無理だと思う……」

「んだーもー、友達甲斐がないやっちゃな」

「ごめん」

鹿乃子はすっかり『地』が出て、乱暴な言葉でぼやいている。素直に謝るしかないと思った。

「あ、でも待って。もしかして沙央のアパートって、幽霊坂の近くだったりする？」

「え、幽霊？」

切支丹坂じゃないのか。

疑問に思う沙央に気づかず、彼女は興奮気味にまくしたてた。

「そうそう。あたしもさ、昨日ついに見ちゃったんだよ。もう気づいた時はぞわっとしたー！」

「……幽霊を、見たってこと？」

「見たっていうか、姿だけは見えなかったっていうか。あれ、絶対幽霊が歩いていったんだと思うんだよね！」

前述のように空はよく晴れていたが、まったくふさわしくない単語を鹿乃子が口にした。

とりあえず立ち話もなんなのでと、続きは大学に行って聞くことにした。

沙央たちが通っている大学の母体は、中等部から大学部までエスカレーター式の女子校だ。一応お嬢様学校と呼ばれているらしい。大学部の校舎はまだ新しく、大教室で一般教養のジェンダー論Aが始まる前に、ことの始まりから鹿乃子に説明してもらった。

「あたしさあ、水茶(みずちゃ)女子の姉ちゃんと一緒に暮らしてるの知ってるよね」

「うん、聞いてる」

鹿乃子には、ひと足先に上京済みのお姉さんがいて、偶然にもここから近い某(ぼう)国立女子大学でリケジョを極めているという話だ。

向こうが実験で遅くなることもあり、親御さんの意向によってお互いの大学まで徒歩で行ける場所——沙央と同じく小日向に女性専用物件を借り、二人で暮らしていた。

「もう窮屈(きゅうくつ)だから早く一人暮らししたいわ」というのが、日頃の鹿乃子の口癖(くちぐせ)だったが——。

「うちの姉ちゃん、一言で言うならジャイアンなわけ」

「ジャイアン」

「そう。もともと田舎じゃ、ありえないぐらい勉強できた女王様なんだけど。ゼミの実験がうまくいかないと機嫌悪くなって、冷蔵庫にお気に入りのヨーグルトが入ってないと機嫌悪くなって、靴下片方なくした時は三日ぐらいずっとピリピリするような人なわけ」

「なんか大変だあ……」

「まあ靴下の件はあたしも悪いから、しょうがないんだけど。昨日もクレンジングオイルが切れてこの世の終わりみたいなこと言ってたから、あたしがかわりに買いにいったの。夜の九時過ぎに、春日通りのドラッグストアまで」

「遠すぎない?」

「そこしか姉ちゃんのお肌に合うメーカーのが取り扱ってないのさ」

生ぬるい半笑いで鹿乃子は言った。

春日通りは丸ノ内線の向こう側を走る幹線道路で、小日向からはいったん線路や車両基地を越えないとたどりつけない。

たぶん一番手っ取り早いのは、蛙坂か切支丹坂を下りて、ガード下のトンネルを使うことだ。切支丹坂なら、ちょうど朝に沙央が見ているあのルートである。

「坂を下りてく途中でね、ちょうど姉ちゃんからＬＩＮＥが入ったんだよ。『ついでにコーヒー牛乳買ってきて』って」

　確かに女王様のジャイアンだ。

　目の前の鹿乃子が、あの閑静な住宅地から高架にぶつかる急坂を、スマホ片手に下りていく姿が、そのまま目に浮かぶようだった。

「電柱の下でいったん立ち止まって、姉ちゃんのわがままプーに返事とか打ってたら、後ろから人が歩いてきたの。まあすぐに女の人だってわかってたから、そのまんまＬＩＮＥ続けてたんだけど」

「なんで性別がわかるの？」

「靴音」

　鹿乃子は即答した。

「ピンヒールっぽい硬い音って、けっこう独特じゃない？　コツコツって。しかも片っぽだけリフトのゴムがないかすり減っちゃってるみたいで、コンカンコンカン変な音させてたのよ」

　いやにリアルなシチュエーションだなと思った。確かに駅の階段などを、その手の金属音が剝き出しな音をたてて駆け下りていく人を、見かけるには見かけるが。

「でもね、でもねだよ沙央。ちょうど横を通り過ぎるなって時にちらっと顔上げたら――

女の人なんていなかったの！」

「ぎゃー」

沙央はつられて悲鳴をあげた。

大教室に己の汚い声が響き渡ってしまい、他の小綺麗（こぎれい）な女子学生の視線を避けるべく、身を低くかがめた。鹿乃子もつきあって頭を低くしてくれる。

「……脅（おど）かさないでよう」

「でもほんとなんだって。足音はどんどん坂の下に遠ざかってくし、でも女の人はどこにもいないしで、あたしもう慌てて走って帰って、姉ちゃんにめちゃくちゃ怒られたんだよね」

それが昨日の夜の話らしい。

「女の人の、見えない幽霊……」

「茗荷谷駅のパン屋でバイトしてるとさー、地元歴長そうなおっちゃんおばちゃんにかぎって、あの坂のこと幽霊坂って言うんだよ。これってそういうことだよね」

「もういい、もういい、知りたくないです」

「沙央も気をつけなよ」

どう気をつけろというのだろう。ほとんど目と鼻の先のご近所なのである。

折しも一限の教授が大教室にやってきたので、話はそこで終了になった。

沙央はすっかり肝が冷えてしまい、戦々恐々とした気分で机に向き直る。深呼吸して落ち着いて考えれば、鹿乃子の話はあまりに突飛だった。

(まさかね、そんなね！)

頭の中で一笑して、以後あまり考えないようにした。それで午後の講義まで乗り切って、つばめ館に帰宅したのである。


——夜になってのことだ。

追いかけているドラマをリアルタイム鑑賞し、感想のツイートを鹿乃子と共有し、学業のレポートも書いて風呂にも入って、一日の業務は完了。なんだかんだと、十二時前には布団に入ったはずだった。

その日は、妙に寝苦しかった。

五月と六月の境目は、冷房をかけるまでもないが、閉めきると暑いという半端な時期でもある。

沙央はあまり深く眠った気もせず、ベッドから起き上がった。

（開けたらちょっとは涼しいかな……）

木製サッシの古い窓枠をギシギシといわせて夜風を取り込み、思ったよりは生ぬるい風に、それでもないよりはましと目を細める。

まったく、初夏でこれなら盛夏はどうなる。この先の夏本番を不安に思っていたら、

「はぁっ⁉」

沙央は、慌てて口をおさえてしゃがみこんだ。

そのままの姿勢でもう一度外の様子をうかがったら、『それ』はもう消えていた。

――女だった。

つばめ館の塀の上に、髪の長い女が立っていた……ような。

基礎のぶんも合わせれば、塀の高さは二メートルにもなったはずで、そんな場所に細プリーツのロングスカートとヒール付きのパンプスを履いた女が脈絡もなく突っ立っているのはおかしいはずなのだ。そう、まるで集合写真を適当にトリミングして、別の風景写真に仮置きしただけの雑なコラ画像。背景と人が合っていない。状況とも合ってない。証拠にワンタップの短さで消えてしまった。

（……もち丸が吠えてなかった）

どうでもいいことにも気がついてしまう。

いつも離れの縁側にいて、知らない人には必ず吠える番犬のもち丸が、まったくの無反応だった。

幽霊だからか。生きた人間ではないから。

あの塀の先にあるのは――幽霊坂。

沙央は膝から力が抜け、窓辺の床にへたりこみながら思った。こんな怖い異常な目に遭って、自分という奴は――。

「……ラッキーかもしれない」

にやりと笑うのを、おさえられなかった。

これはうまくすれば次回のポットラック・パーティー、正々堂々参加できるのではないか？


翌日の朝も、沙央は大学に行くべく部屋を出た。

つばめ館の庭は、大家の福子が手塩にかけて育てている薔薇や、庭木のテイカカズラなど初夏の花がまだまだ満開で、今日も花壇に水をやっていた。

「おはようございます、福子さん！」

「ええおはよう。小田島さんはいつも元気ね」

任せてくれ。沙央は通学スタイルで敬礼した。

「でも昨日、暑くて寝苦しくなかったですか？」

「そう？　この年になると、冷えの方が敏感になって困るわ」

「ショウガがいいと聞きましたよ」

とりとめもない立ち話をしていると、長い鎖に繋がれたもち丸が、尻尾をぶんぶん振りながら寄ってくる。

「ああ、そうだった福子さん。今月のポットラック・パーティーについてなんですけど」

「なあに？」

「――わたし、『謎枠』で参加しようと思います！」

ちょうど沙央に続いてつばめ館を出ようとしていた宗哉が、建物二階の自室窓を開けてあくびをしていたカレンが、何故かこの時間帯になってつばめ館に帰ってきた顕正が、みな驚いたように沙央を見た。

複数の視線が集まるのを感じた沙央は、少し誇らしい気分になって、もち丸をもふもふ撫でながら満面の笑顔になったのだった。

***

『そろそろつくよ』


友人の鹿乃子から連絡がきたので、沙央も迎えに部屋を出た。

時刻は午後六時半を過ぎ、表はようやく日が落ちてほの暗くなってきている。つばめ館の門前で鹿乃子が来るのを待っていたら、ようやくそれらしい女子が歩いてくるのが見えた。

沙央は背伸びをして手を振った。

「おーい！　ここ！　ここ！」

鹿乃子も沙央に気づいたようだが、服装がドレッシーなワンピースでは、早足も難しいようだ。じりじり待って、ようやく沙央のいるところまで到着した。

「来たよー、沙央。お招きありがとね」

「こっちこそ。綺麗だねその服。髪も」

「へっへっへ、まあねえ……なんて。だってパーティーするとか言われたら、緊張するじやん」

鹿乃子はトリートメントとヘアセットも完璧（かんぺき）な毛先を、照れたようにいじって見せた。

実際、着ている服はちょっとしたパーティーどころか、結婚式の二次会にも出席できそうな感じである。

「ポットラックだから、気楽に一品持ち寄りの会なんだけどね」

「あのさー、それなんだけどさー。持ち寄りだっていうなら、なおさら手ぶらはやばいんじゃないの？　本当に手土産（てみやげ）なしでいいの？　言われた通りなんにも持ってきてないよあたし」

「いいのいいの。鹿乃ちんはわたしのゲストだし、わたしは『謎枠』での参加だから」

「だからその『謎枠』ってなに」

立て付けの悪い門扉（もんぴ）を、沙央は勢いよく開いた。

つばめ館ポットラックの、ルールその一。参加者は、一人一品料理を持ちよること。

あるいは――。

「パーティーの食事を彩る、魅力的な謎（ミステリイ）を提供すること」

ここつばめ館に入居する時、福子から言われた言葉を、一言一句変えず口にした。

そのまま鹿乃子に笑いかけた。

「おいしいもの食べてさ、みんなに今回の件について考えてもらおうよ」

鹿乃子はまだ釈然としないところがあるようだ。

「……ほんとにここ、幽霊坂の近くなんだね」

「そうそう。ほぼ目と鼻の先」

ちなみに謎の提供をするにあたり、任意のゲストを招いて語るのもありとされている。

鹿乃子はそのために連れてきた証人であり、『謎枠』のゲストだった。

見知らぬ客の登場に、待ってましたとばかりにもち丸が吠えはじめるので、沙央は片手を上げて制止した。それで彼も静かになった。

アパートの中に入ると、さきほどのやり取りが聞こえたのか、顕正が玄関ホールまで迎えに出ていた。

「やあ。その子が沙央ちゃんのお友達？　可愛（かわい）い子だね」

沙央の斜め後ろで、鹿乃子が息を呑（の）む音がした。

「よろしく。僕は堀下顕正って言います。律開大の三年」

「……はい……どうも……相葉、鹿乃子です……睦学院女子の……人文学部……ぐろーばるこみゅにけーしょん……」

いきなり友人の声がとろけて、綿飴のようにふわふわと甘くなる。

嫌な予感がして振り返れば、案の定だ。顕正を前に目がうるんで、ハートマークが飛びそうである。

「鹿乃ちん鹿乃ちん」

沙央が小声で呼びかけると、彼女は沙央を引っ張って耳打ちした。

「めちゃめちゃイケメンじゃないの。なんで隠してたの」

「だって顕正先輩、彼女いるらしいよ」

「ちっ」

綿飴から、一瞬で現実に戻ったようである。

本当のところは不明だったのだが、カレンのアドバイスなどをかんがみるに、『そういうこと』にしておいた方がよさそうだった。先日の朝帰りも、早朝ジョギングの帰りではなさそうだったたし。

沙央と目が合うと、顕正は意味ありげに微笑んだ。そうそう、お気楽そうに見えてこの笑いが危険らしいのだ。

「じゃ、二人ともおいで。会場はこっちだから」

パーティーの開催場所は、告知通り一階のラウンジだった。六人がけの丸テーブルには庭の花が飾られ、カレンと宗哉が部屋で作ってきた料理を並べている。

「いらっしゃい。よろしくね、浜木綿よ」

カレンが笑顔で歓迎の意を表し、宗哉がトング片手にぺこりと会釈をした。

鹿乃子は「ほわあ……」と呟き、ラウンジの雰囲気といっぱいのご馳走に、すっかり魅入られてしまっているようだ。

(気持ちはわかるよ、鹿乃ちん。わたしもね、参加するたびそう思うんだ)

今回もまた一段とおいしそうだ。

「カレン先輩。今日は何を作ったんですか?」

「私?　牛すじが安かったから、大根こんにゃくと煮込んでみたんだけど」

「ゆで玉子も入ってる!　さすが!」

「カレンさんって、基本肉だよね。がっつりメイン担当」

「なんか文句ある?」

「いや、かぶるの考えなくていいから気楽だなってこと」

顕正が無難に笑って受け流した。

浜木綿カレンが愛用している赤いほうろう鍋いっぱいに、甘辛く煮込んだ牛すじと、飴色に染まった大根とこんにゃくが入っていて、さらに沙央も大好きな煮玉子もごろごろしているのが嬉しい。すでに取り分け用のサーバースプーンもセッティング済みで、これが今回の『肉枠』のようだ。

「……こ、この、めっちゃ可愛いカラフルなお重のやつは何物ですか……映えまくりの……」

鹿乃子は蓋を開けた重箱にずらりと並ぶ、巾着状の食べ物を気にしているようだ。

黄色とグリーンの二種類があり、どちらも巾着の先端を三つ葉か何かで、ちょこんと結んであった。

この感じは、恐らくお米を詰めた主食の何か。しかも、この手の繊細な細工をさらっとしてのけるのは――。

「俺。茶巾握り作った」

「えっ、アナタがですか。うわー、お料理上手なんですねー」

宗哉を見て、ただ感嘆の声をあげるマシーンになっている。

そう。ちゃんと食べているのか心配になる体型のくせに、どっこいかなりのお料理上級者なのだ、この偏屈野郎君は。

沙央は、今回彼が作った茶巾握りを見て思った。

「こういう茶巾タイプのお寿司とかお握りってさ、ご飯を薄焼き卵で包むものじゃないの？　黄色いのが卵だとして、こっちの緑色のは何？」

「それはレタスだ小田島」

「えっ、野菜の？」

「加熱すればいいんだよ。縛る用の三つ葉と一緒にザッと茹でて絞って、味付けしたご飯を入れて包む。そうしたらこうなる」

　簡単そうに言ってくれるが、まず薄焼き卵を破れないよう焼いた上で、別口で茹でレタスまで用意してご飯を包もうという発想自体が、沙央にはない。

　思えば前回彼が作った五目いなり寿司も、一口サイズで食べやすい上に煮染めた具がたっぷり入った、手間暇と気遣いが際立つ文句のつけようがないものだった――。

「宗哉の料理は、なんていうか女子力高いからさ」

「単に家で、家事多めに担当してただけですよ。このぐらい普通でしょう」

　そして地力はあるものの、こういう台詞を女子もいる前で平気で吐いてしまうところが、モテないいんだろうなと沙央も思うのである。

　それが普通というなら、できないわたしはなんなのよと。

（や、ありえない奴って言いたいんだろうけど）

鹿乃子も一瞬顔を引きつらせていたので、宗哉の性格は把握できたことだろう。

「そのへんのサラダとかは、僕が適当に買ってきたやつだから食べてね」

「あっ、ありがとうございます顕正先輩」

「温かいスープもできたわよ」

福子が、両手鍋と一緒にラウンジに入ってきた。

テーブルの鍋敷きの上に置いたのは、とろりと白濁した白湯風の汁の中に、大きな骨付きの鶏肉やなつめなどが泳いでいる、実に豪勢かつ豪快なスープだった。

「参鶏湯ですか？」

「そうよ、響木君。夏こそ薬膳って言うでしょう」

その場でスープ皿によそわれ、仕上げにネギと松の実を散らしたものが、順番に回ってきた。韓国の伝統的なスープらしい。これはお出汁と栄養が凄そうだと思った。

福子の料理は、イタリアが出てきたと思えばフランス料理に飛んで次はアジアと、とにかくレパートリーが幅広い。しかも毎回本格的でおいしいのだ。

「デザートに胡桃饅頭を蒸してあるから、そのぶんのお腹も空けておいてちょうだいね」

「問題ないです！」

これは沙央だけではなく、この場にいた学生全員のセリフであった。

めいめい席についてから、ホストの福子が、あらたまった調子で訊ねてきた。

「さあ、小田島さんに相葉さん。あなたたちの謎はなあに？」

年輪を重ねた瞳に、期待と好奇心が輝くとチャーミングになるのだなと思う。テーブルの上を入居者と自分のご馳走でいっぱいにして、なお若者たちにスパイスとしての謎を求める福子は可愛らしかった。

だから沙央と鹿乃子は、お互い顔を見合わせてから語り出したのだ。

「みなさん、幽霊に遭ったことってありますか――？」


まずはことの始まりである、切支丹坂で鹿乃子が遭遇した『姿なき足音』事件について話した。

続けて沙央が見た、つばめ館の塀の上にいた女の話もだ。

ゲストの鹿乃子はあらためて体験したことを語ったせいで気が昂ったのか、参鶏湯の糯米を口から飛ばさんばかりの勢いで喋っている。

「ほんとに、ほんとに顔を上げたら女なんていなかったんです！　ヒールの足音はずっとしてたのに。絶対幽霊が通り過ぎたんですよあれは」

沙央は折を見て隙を見て、自分の箸を動かすのを忘れない。

お重から取り皿に移した黄色い茶巾握りは、食べてみたら穴子とキュウリの混ぜご飯が出てきた。甘辛い蒲焼きのタレで味付けしたご飯は、巾着の薄焼き卵と非常によく合った。

そしてレタスでできた巾着の中身は――ツナマヨとキュウリの混ぜご飯。

相変わらず無駄にレベル高いぜ響木宗哉。

（中身まで変えてるのかよ）

一回茹でてしっとりしつつもシャキシャキが残るレタスは、当然ながらサラダ風の具と馴染んだ。適材適所とはこのことか。

宗哉の行き届いた料理を食べた後だと、カレンの牛すじ煮込みがなんともほっとする。こちらは牛すじどーん、酒どーん、砂糖どーん、醤油どばー、そしてたっぷりのショウガで煮る。実に明快で漢らしい。

引き続き薬膳スペシャルな福子の参鶏湯に進もうとしたら、顕正がぱちぱちと手を叩きだした。

「いやーすごいよ。まさかのオカルトって。『謎枠』初じゃないの？」

何か変な喜ばれ方をされてしまった。

「そういえばミステリーって、推理ものにも怪奇ものにも使う表現だったわよね。忘れてたけど」

「ありっちゃありなのかな。福子さん」

沙央は誤解されたくないので、その場で箸を置いて手をあげた。

「わたしは別に、ジャンルとかはなんだっていいんですけど。今のところ幽霊が一番可能性が高そうだから、そうじゃないかなって思ってるだけです。昔からここ、『出る』みたいなんで」

「幽霊坂ね……」

カレンに言われ、うなずいた。

つばめ館の先輩たちは、以前にも『謎枠』で議論を深めた経験があるようなので、有益な知見が得られるかもしれないと思っている。

「他にも見た人がいなきゃ、そんな怖い別称つかないですよね」

「そうねえ……まず沙央ちゃんに言っておきたいことがあるんだけど。鹿乃子ちゃんにもだけど」

「なんです?」

「幽霊坂って名前、別にそんなにレアでもないからね?」

ずばりと言われ、沙央と鹿乃子は一瞬、意味をつかみかねてしまった。

「え?」

「あっちこっちにあるし。言うほど珍しいものでもないっていうか」

「うっそ、そうなんですか!」

ともに名称のインパクトについて頭を悩ませてきただけに、一緒に叫んでしまった。

カレンはあっさりしたものだった。

「あるわよ、全国各地に。東京だけでも三田(みた)の幽霊坂とか、駿河台(するがだい)の幽霊坂とか。近くの目白台(めじろだい)にも、二箇所(かしょ)ぐらいそう呼ばれてるところ知ってるし。旧称別称含めれば、それはもう相当な数よ」

「そんなに……」

幽霊のバーゲンセールになってしまうではないか。

「それはちょっと……インフレ激しすぎますね……」

「ありがたみもないっていうか……」

鹿乃子も青ざめた顔で呟(つぶや)いている。できれば認めたくないに違いない。

「あえて考え方を変えてみるとね、幽霊を見た人がいるから幽霊坂になるわけじゃないと思うのよ。むしろ逆で、幽霊がいることにでもしないとまずい場所だったんじゃないかなって、私なんかは思ってるんだけど」

「というと?」

　顕正がのってきた。

「たとえば日本の古い地図を見るでしょ。似たような感じのネガティブな地名は、ちょこちょこ見つかるのよ。今回の『幽霊坂』以外だと、塵芥の『芥坂』、『五味坂』、『埃坂』、『闇坂』、『暗闇坂』」

「直球にひどいね」

「別に伊達や酔狂や中二病で、そんな名前になってるわけじゃないのよ。たいていその手のネガティブワードがついているところは、近くに竹林なんかがあって、人里離れた寂しい急坂だったりするのよ。想像してみて。昼でも暗くて、見通しも悪い。じめじめして、名前の通りゴミ捨て場でもあったような谷底」

　言われた通り、想像してみた。およそ快適で清潔とは言いがたい場所だ。

「そういう危険な場所に、大事な子供たちが近づいたら困るでしょ?　だから、警告の意味もこめて忌むべき名前をつける——まさしく人払い的な発想ね」

「ああ、なるほどね……」

「確かに今じゃ、あんまり意味もない名付けにもなってるわけだけど。顕正、ちょっとそのサラダ取って」

「ほいどうぞ」

顕正に渡されたデパ地下のシーフードサラダを、自分の取り皿にざらざらと移しつつ、カレンは説明する。いわく、現代になって宅地の開発が進み、危険で不潔な場所も過去のものとなると、その手の警告の地名は邪魔にしかならないケースが増えるらしい。

「縁起も悪いし、資産価値も下がるってね」

「そりゃそうだ」

「で、希望にあふれたニュータウン的な地名を付け直すわけよ。『○○ヶ丘』とか『××通り』とか。だからもう、地図に残る形でネガティブな名称が残ってる事例はかなり少なくなってる」

「うーん。それはそれで、なんかもったいないですよね。なかったことにするって……」

「でもねえ、沙央ちゃん。意外と地図の上では消せても、過去にその名前があった事実は、人のここに残るのよ」

カレンは自分のこめかみを指さした。

それぞれの記憶に残り、伝承され、新しいエピソードを生む。

もっともらしい幽霊奇談が、今度は地名を根拠に生み出されていくことになるのだと。

（わたしたちも、そうだったってこと？）

先人の言葉に引っ張られて、人はそこに幽霊を視る。

「そもそも今回の話は、切支丹坂の別称が幽霊坂だってところから信憑性が増したわけだけど。これも案外曲者でね、切支丹坂の場所も、はっきり特定はできていないのよ。今名前がついてるところじゃなくて、ガードの向こう側にある庚申坂こそ切支丹坂だって言ってる人もいるし」

「え、そんな今さら言われても」

「そうなると幽霊坂の場所自体も、定義が変わっちゃうわよね」

さらっとすごいことを、後出ししないでほしい。そもそも幽霊坂ですらないただの坂道で、我々はキャー幽霊ーと言っていた可能性があるのか。

「確かにあっちの方が傾斜がきつくて崖っぽいから、幽霊坂とつけたくなる感じはするわ。あくまで人払い説のセオリーにのっとるならだけど」

「な、なら、カレン先輩。やっぱりわたしや鹿乃子ちゃんが体験したのは、思い込みの気のせいってことですか？　坂の別名が幽霊坂って先入観があったせいで、出るもんだって頭の中で思い込んで錯覚した」

「ううん、そんなこともないと思うわよ」

あっさり手のひらを返され、力が抜けた。

「カレン先輩……」

「だってこの四方八方坂だらけの場所で、どの坂を指してなんと呼んでたかなんて、誤差みたいなものじゃない。大事なのは、かの切支丹屋敷が、この旧茗荷谷町一帯に、確かにあったっていう客観的事実よ」

彼女は急に前のめりになり、大きな瞳を輝かせて沙央を見つめた。

「沙央ちゃん、あなた切支丹屋敷って知ってる？　江戸時代にキリシタンと、宣教師を隔離した収容所なんだけど」

「すいません不勉強なもので」

「OK説明するわ」

受験は漢字が苦手で、英語と世界史で乗り切ったクチだ。

その牢と番屋を置いた収容施設は、時期により拡張と縮小を行いつつ、一七二四年に火災で消失するまで存在していたそうだ。

「今、切支丹坂とされてる坂の角を曲がったところに、記念碑が建ってるでしょう？　あそこが跡地。これは文献と発掘調査で確認済み。ちゃんと人骨も出てる」

「じ、人骨……ですか」

「そう。屋敷の中で亡くなった外国人宣教師と、日本人の信者のものよ。当時のキリシタンへの弾圧政策は、相当なものだったんだから。塀の外まで響く苦悶の声。拷問と尋問の本場。ああ遠藤周作の『沈黙』の世界。これは他の危険地帯隠しのおこぼれで発生した幽霊話とは、まったく訳が違うわ。歴史をひもといても数少ない、『本物』が生まれうる場所よ」

お、おおう……。

さっきから急に説明の声に熱がこもりはじめて、どうしたんだカレン先輩という気分だった。

「楽しそうだね、相変わらず」

顕正の指摘にも、カレンは反発もせずうっとり微笑んだ。

「腐っても史学科ですから。専攻は、地図から読み解く江戸期の怪・談」

どうりでここまでの話も、異様に詳しいと思った。怪談マニアか。

「……あのー、すみません。あたしが聞いた幽霊の足音って、お侍の草履じゃなくてハイヒールっぽかったんですけど……」

「わたしが見た女の人も、普通に現代の服でした……」

怪現象の当事者が控えめな反論を試みるも、カレンは動じなかった。

「恨みや無念が強く残る場所は、他の魂も引き寄せられやすいって言うじゃない」

常識じゃないという顔で一蹴され、そういうものなのかとも思ってしまう。

つまり、かつてこの地にキリスト教信者を閉じ込めた切支丹屋敷があり、厳しい責め苦を恨んで亡くなった魂が、他の死者の魂を呼び寄せているというのか。

「つばめ館に住むって決めた時ね、このあたりの由来は調べまくったわ。もうどきどきした。ここならいつ何が出てもおかしくないって思ったの。二人が羨ましい」

「念のために聞くけどさ、カレンさん。夜中に坂で張り込みとかしないでよ」

「駄目なの？　今なら活性上がってそうよね」

「魚釣りじゃないんだから」

顕正が呆れて言った。

「──あの。少しだけ、質問いいですか」

控えめな声で手をあげたのは、ここまで会話にまったく参加してこなかった、響木宗哉だった。

人にルール遵守をとくわりに、パーティーのマナーは守らなくていいのかよ潔癖君と思ったものだ。おまけにちらちら自分のスマホをチェックするところまで見ていたので、それ以上やるなら席を外せと、もう少しで注意するところだったぐらいだ。

「なに、響木君」

「いえ、浜木綿先輩じゃなくて、小田島の友達の人にちょっと」

「あたしですか？」

鹿乃子が目を丸くした。宗哉はうなずいた。

「お姉さんと暮らしてるって、二人暮らしですよね。なんで靴下(くつした)なくなったんですか？」

「え？　ええ？」

「三日ぐらい怒ってたんですよね。あなたに落ち度があった」

そこが気になるのかよと思った。単なる話の枝葉か枕だったろうに。

「ソーヤ君、その話は今してないと思う……」

「小田島は黙ってろ」

むか。

「……いえ、単に……雨続きで洗濯物(せんたくもの)が乾かなくて、近くのコインランドリーに持っていったんです。帰ってきたら姉のが一足だけなくて」

「盗まれた？」

「あたしそそっかしいから、たぶん洗濯機の中に置き忘れてきたんだと思います。次の日見に行ったら、あたり前ですけど空(から)っぽでした」

「最初に行った時、誰か不審な人はいましたか？」

「いなかったと思う……たぶん」

「住んでいるのは、オートロックの寮か何かとか」

「普通の賃貸マンションです。オートロックもないけど……でも、うちは女性専用で貸してるから安全だって、不動産会社の人が」

「何が安全だよ、そういうところの周りが一番危なっかしいのに」

最後の早口は、半分独り言だったのかもしれないが、ばっちり聞こえてしまった。鹿乃子がびくりと固まった。

「響木君、どうしたの？　みんなにわかるように説明してくださる？」

ホスト役の福子が、間に入って穏やかに訊ねると、宗哉は持っていたスマホの操作を始めた。

そのまま彼が沙央たちに見せたのは、警視庁の犯罪情報マップであった。

「……幽霊が何したとか、考えてる場合じゃないと思います。その前に警察に通報案件ですよ、これ」

＊＊＊

——雨だ。もうずっと雨が降っている。

朝から崩れだした天気は、夕方になって多少雨脚が弱まったが、まだまだ降り止む気配がなかった。

沙央はコインランドリー内のベンチに座り、ガラス張りの内装越しに表の天気を一瞥した。

（……これって、もう梅雨入りしたってことかな）

最近できたばかりだという店内に、客は少なかった。ただいまドラム式の大型洗濯乾燥機が三台稼働中で、カラフルな洗濯物が中でぐるぐると回っているところだ。さきほど中年男性が一人やって来て、自分の洗濯物を入れて、スイッチだけ押して店を出ていった。きっと仕上がる頃にまた戻ってくるのだろう。

あとは店内で仕上がりを待っている女性が、沙央の他に一名。

『どう、まだいる？』

ここから徒歩三分のマンションに待機中の相葉鹿乃子から、ＬＩＮＥが来た。

沙央は返事を打った。

『いる』

今、同じ店内にいる女性のことだ。

鹿乃子と同じマンションを出てきて、一緒の道を歩いて店に入って、同じように乾かない洗濯物を片付けにきた。そういう風体(ふうてい)を保っている。

見た目は特に、怪しいようには見えなかった。信じられないことに。

沙央の座る位置からは、ファッション雑誌を読みふけっているせいもあり、長いウェーブヘアで横顔が隠れてほとんどわからない。服装自体は体のラインを拾わない、ゆったりとしたカシュクール風ワンピースを着ている。柄(がら)は少し派手めなエスニック調。その下に覗(のぞ)いているのは同じく黒のスキニーパンツと、グレージュの綺麗(きれい)めなパンプス。休日にたまった家事を片付けるOLのようだ。

折しもブザーが鳴って、沙央と女性の洗濯が、同時に終わった。

立ち上がらずにそのまま待っていると、女性の方が雑誌を置いて立ち上がった。

彼女はあたり前のように沙央側の洗濯物が入ったハッチを開き、中のものを機械的に自分のランドリーバッグへ押し込んでいく。

「すいません！　それ、わたしのなんですけど」

声をかけると、女性の手が止まった。

「間違えてます」

再度指摘すると、彼女は今気づいた様子で、取り込んだ洗濯物を元に戻し、一礼してから自分のものをバッグに詰め直した。

そのままそそくさと、足早にコインランドリーを出ていこうとするから。

「待ってください」

沙央は今度こそ立ち上がって、その肩を後ろからつかんだ。見た目の予想よりも、骨張った感触が布越しにあった。

「返してください。わたしの服、まだ一枚その鞄(かばん)の中に残ってますよね」

女はこちらを見ようとしない。指摘にも顔をそむけたままだ。

「返さないと、警察呼びますからね」

いきなり出した警察の二文字がきいたのか、女は沙央の手を振り払って走り出した。

（――逃げた！）

パンプスの足が、アスファルトにたまった水たまりを踏みつけ、雨の歩道を駆けていく。

沙央はその背中を追いかけた。

全速力は、こちらの体感で三秒。三十メートルほど走って、路上でもう一度向こうのワンピースの長袖をつかむことに成功した。

「っ――！」

相手がなにがしかを叫んで振りほどこうとしたので、利き手でカシュクールタイプの襟をしっかりと確保。

「小田島！」

どこか遠くで、響木宗哉の声が響いた気がした。しかしその瞬間にはもう、沙央の左手が反対側の袖をつかみ直し、懐に低く飛び込んでからの背負い投げを繰り出していた後だった。

「やあっ！」

かけ声一閃。相手の体が高々と宙を舞い、そのまま背中向きにアスファルトへと叩きつけられる。審判は一本を取らない。頭で考えるよりも前に、向こうの片腕を畳側へ押しつけ、上半身で覆い被さるように寝技の体勢へ移る。

「小田島、大丈夫か！」

そこに、息せききって走ってきた宗哉本体が登場した。遅れて制服姿の警官も走ってくる。傘をさした顕正の姿も、はるか後方に見えた。

沙央は上四方固め（かみしほうがため）の姿勢のまま、「大丈夫だいじょーぶ」と返事をした。

「がっちり固めてるんで、まず動けないよ」

「……一人で立ち向かったりしないで、応援が来るのを待てって言っただろ……」

だって逃げようとするんだもの。沙央なりの反論はあった。

「でもソーヤ君、君が言ってた通りみたいだよ。この人――本当は男の人みたい」

沙央が投げ飛ばした衝撃で、茶髪ウェーブのカツラが取れて、濡れた路上に転がっている。カツラだけが別の生き物のようだった。

頑（かたく）なに声を出そうとしなかった理由も、見かけと一致しないのなら納得がいく。ぐったりとしている犯人は、例のエスニック調のワンピースを着ながらも、うっすらヒゲのそり跡も残る、三十代ぐらいの男だったのだ。


そもそもの始まりは、数日前のポットラック・パーティーだった。

「このマップで、地域別の犯罪発生件数が調べられます。ひったくりとか、不審者の声かけ事案とか、車上狙いとか」

宗哉は警視庁の犯罪情報マップなるサイトを、沙央たちに見せてくれたのだ。

「今いるつばめ館とか、小田島の友達が住んでるマンションの場所とか、住所を入れればピンポイントで数字が出ます。それで、去年一年で起きた茗荷谷エリアの侵入窃盗事件を調べてみました」

喋る宗哉の周りに人が集まり、宗哉がスマホを操作して条件を入力する。

画面のマップ上に、変化らしい変化はほとんどなかった。周辺の繁華街などに比べれば、文教地区のこちら側は、治安がかなりいいのが一目でわかる。

「何もないわね」

「はい。穏やかなもんです。次、直近一ヶ月に発生した侵入窃盗事件」

タップした途端、今まで犯罪のスポット地帯のようだった大学周辺のエリアが、急にオレンジ色に変わるから驚いた。たった一ヶ月で、昨年一年分に近い事件が発生した計算だった。

「立て続けだ……」

「そうだよ小田島。狭い範囲で急に増えてるんだ。同一犯が、連続でやってる可能性が高いと思う」

ぞっとした。自分が現在進行形で住んでいる町の中を、犯罪者が何度も行き来しているかもしれないという事実は、率直に背中を寒くさせた。まだ解釈次第だった幽霊話とは違う、具体的な数字で示される薄気味悪さだ。

「確かにうちにも、戸締まりと不審者に注意って、交番の方が呼びかけにいらっしゃって
たわねえ……」

「そうだったんですか福子さん！」

「ええ。玄関ホールの掲示板に、いただいたチラシを貼っておきましたでしょう？」

——見たような、見ていないような。ポットラックのお知らせ以外も、もっと細かいと
ころまで読んでおくべきだと思った。

「侵入窃盗事件って……空き巣とか下着泥棒とかだよね」

「おおむねな」

指摘する宗哉の口調は、ここまでずっと淡々としていた。

「それで俺も、ちょっと思ったんですよ。小田島の友達の人——彼女が切支丹坂で聞いた、
幽霊の足音の件。あれは本当に、音だけで実体がなかったんでしょうか」

宗哉の率直な視線が、鹿乃子へ向かった。他のポットラック参加者も、自然と彼女を見
てしまう。

「どうなんですか？」

「ほ、本当だって。誰もいなかったんだから。コツコツカンカンっていう音だけで」

「よく思い出してみてください。本当に、人っ子一人いませんでしたか？」

「しつこいなあ。いなかったわよ」

「ハイヒールの靴音に見合う人が、いなかっただけじゃないですか？」

「はあ？」

どういうことだ？

「たとえば女はいないにしても、男はいませんでしたか。ヒールの靴なんて履きそうにない、ごく一般的な服装をした男とか」

「ちょっと待ってよ宗哉。それじゃまさかその男」

「足下だけハイヒールを履いていた」

「それじゃ変態じゃないか」

噴き出すように顕正が笑ったが、宗哉はまったく笑わなかった。まだ鹿乃子の目を見ている。じっと静かに。

「これは俺の想像、半分以上妄想も入ってるかもしれません。そいつは普段、女装して犯行に及ぶんです。それがそいつの性癖なのか、単に目立たなくて都合がいいからなのかはわかりません。ともかくその格好で、女性が多い施設とか学生専用のアパート、コインランドリーなんかに忍び込んで物取りを繰り返していた」

最後のコインランドリーという単語に、鹿乃子がはっと小さく息をのむのがわかった。ついさっき、宗哉が根掘り葉掘りと聞いていたことである。

「それでその夜は、たまたま住人かパトロール中の警官か何かに見つかりそうになった。そいつは慌てて現場を離れて、追っ手をまくためにカツラと女物の衣装を脱ぎ捨てる。下に着ているのは、たぶん女物より地味な黒のハイネックに細身のデニムとかです。それで一見して普通の男の格好になった奴は、闇に紛れて町を離れようと思った。切支丹坂を下りてガード下のトンネルを抜ければ、春日通りはすぐそこです。ただし急いでいるせいで、靴はまだ女物が脱げないままですが――」

沙央たちは、すっかり黙って宗哉の話を聞くだけになっていた。

想像で妄想と言い切るには、宗哉の語るイメージは、あまりに具体的で鮮烈すぎた。

「もう一度聞きます。あの日の夜、切支丹坂を通った人間は、あなただけですか？」

宗哉は静かに、相葉鹿乃子に問いかける。

すでに顔面蒼白だった鹿乃子は、その場で首をもたげてうなだれ、蚊の鳴くような声で「……そういえば」と呟いたのだった。

それからの日々は、沙央が考えても非常にめまぐるしかった。

鹿乃子の記憶に、今まで登場しなかった男の姿が浮上すると、一方で靴下をなくしたコインランドリーでも女性とのやり取りがあったことが思い出されて、沙央たちは二つの情報をまとめて、近隣の交番に相談しに行ったのだ。

『あたしが洗濯してる時、店内に女の人がいたんです。一人でスマホいじってたら洗濯が終わって、その人も帰っていったんですけど、家で服を数えてみたら数がぜんぜん足りなくて。言われてみたらあたしが開ける前に、その女の人が間違えてあたしの方を開けようとしてたの思い出したんです』

『あとは切支丹坂を、黒っぽい服を着た男の人が下りていくのを見ました。はい、足下は直接見たわけじゃないですけど、たぶん細めのピンヒールです。片方踵のゴムがすり減って、リフトの釘が出かけてる時の音がしてました』

この男女が同一人物で、一連の連続窃盗犯であるという宗哉の考えは、おおかた当たっていた。あの夜、鹿乃子が切支丹坂で男を見たのとほぼ同時刻、近くの社員寮で不審者と鉢合わせする事件が起きていたらしい。

見覚えのない『女』が室内を物色中に帰宅した女性が、悲鳴をあげたところで相手は掃き出し窓から逃げていったのだという。

逃走した犯人が、どういう手段と経路で目撃者もなく逃げおおせたかは、推して知るべしだ。

またその怪しい男、あるいは女の状態の犯人に会ったら連絡をくれと相談をした警官に言われ、皆で警戒していたのがここ数日。そしてついに今日、鹿乃子が問題の人物を見つけた。

犯人は、現場に戻っていた。

鹿乃子が例のコインランドリーの店内から、『洗濯中だけど、なんか見覚えがある人が来てるよ！』とLINEで助けを求めてきたので、沙央は即座に鹿乃子のもとに駆けつけて、彼女と交代した。そのまま気づかれないよう犯人の側に待機し、引き続き警官が現場に到着するのを待てというのが、宗哉の出した指示であったが――。

「もう大丈夫ですよ。後はこちらで確保しますから」

「あ、ど、どうも」

まだ若い交番勤務の警官に言われ、沙央は慌てて犯人の上から起き上がった。

こうなると少し、がむしゃらになってしまった自分が気恥ずかしくなってくる。

とっさに畳（たたみ）のノリで投げ飛ばし、押さえ込みまでしてしまったが、場所は路上で雨降りなのだ。犯人どころか自分の服もひどいことになっていた。

「すごいね、見た宗哉。沙央ちゃんてば、本当に綺麗にぶん投げてたよ。一本！　て感じ。めちゃくちゃ強いんじゃないか」

「顕正先輩。できればそのへんにしていただけると……」

「なんで？　もしかして黒帯だったりする？」

「ええまあ、一応……」

「へー」

沙央が好奇の視線を正面から受け止めきれずに目を泳がせると、地面の犯人に手錠をかけた警官が、ふと思い出したように振り返った。

「沙央——小田島沙央選手ですか？　52kg級の」

心臓が止まるかと思った。

沙央のフリーズに気づかず、彼は破顔した。

「やっぱり、当たりですよね。三年前の体重別選手権、自分は同僚と寮のテレビで見ました。準決勝の、背負いから上四方固めの合わせ技一本。あれでファンになったのを思いだしましたよ。いい試合でした」

警察に柔道経験者が多いのは、まあ当然のことだろう。人によっては選手時代の沙央を覚えていても、おかしくはない。予想はしておくべき事態だった。

しかし若き巡査殿よ、こんな形で過去を蒸し返してくることはないだろう。こちらが隠していることは思わないのか。

「……ありがとうございます」

「キレは健在ですね」

見え透いたお世辞に、もう痛まなくなった胸がそれでもうずく。

振り返れば案の定、会話の意味がわからず困惑した感じの仲間がいる。沙央は説明するしかなかった。

「……全日本選抜に選ばれるぐらいまでは、行けたんですよ。目標はオリンピックってやつで」

「ぜんに」

「オリンピック……」

「そこでドン引きしないでくださいよー。膝傷めちゃって、とっくに引退済みですから」

水たまりで汚れた右膝を指さし、沙央は笑った。

言うことをきかないポンコツな体に見切りをつけ、すっきりさっぱり諦めて、新しい道を歩こうと思っているのだ。今度は普通の女の子になるのだと努力中である。

「あのー……小田島選手。できればこの後に『りっくんへ』とサインを」

「ダメ」

仕事しろや警官。

そのままうかつで無神経な警官に、犯人と証拠品を託し、コインランドリーに残っていた荷物と傘を引き取ってから、帰ることにした。

いざ戻ろうとする道すがら、宗哉がいきなり謝ってきた。

「……ごめん」

「な、なに、藪(やぶ)から棒(ぼう)に」

「知らなかった。きついこと言った、色々」

いつになく深刻な目で、ぽつりとこぼすからおかしかった。

「そんな、ぜんぜん謝ることないよ。ソーヤ君が間違ってるわけじゃないし。ただわたし、強くなること以外してない時期が長すぎたんだよね。おかしいのは自覚してるんだ」

足りないのは、練習以外の常識と経験。この間も柔道着と同じコットン100パーセント素材だと思って、おしゃれ着サマーニットを乾燥までかけてじゃぶじゃぶ洗ってしまった。めちゃくちゃ縮んで出てきた時は、いったい何が起きたかと思った。

気持ちも生活も、何もかもが現役(げんえき)時代と勝手が違うから、一つ一つ失敗して覚えていくしかないのだ。

「勝ち負けにこだわらないで、趣味でまったり続けていくのはなんか違うなって思った以上、柔道以外の人の基準で色々言われるのも受け入れろって話なんだよ。普通を目指さなきゃいけないいんだし」

沙央は笑顔を作った。

「だからほんと、あんまり気にしないで。これで急に嫌みとか言わなくなるソーヤ君とか、逆に調子狂うし」

「……そっちの方がよっぽど嫌みじゃないか」

でも事実である。

沙央は一身上の都合で勝ちを目指す世界観から脱落した人間ではあるが、かと言って周りが思うほど、お先真っ暗というわけでもないと思うのだ。

今の生活だって、新鮮で面白い。朝起きて朝練に行かなくていい自由を嚙みしめているし、リハビリの痛みと孤独は二度とごめんだし、女の子だらけの女子大の風景はカラフルでふわふわしている。

つばめ館の大家さんや先輩も親切で、だから決して負け惜しみではない。大丈夫なのだ父よ母よ兄上たちよ。今までだって信じてやってきたことだが、さっき傘も差さずに飛び出してきた宗哉を見た時、なんとなくはもっと確信に近くなった気がした。

「まあまあ宗哉。おかげで無事に一件落着って感じじゃないか」

顕正が笑いながら、宗哉の肩を引き寄せた。

「堀下さん、傘。濡れます」

「宗哉は謎解いて鋭いし、沙央ちゃんは引退しても鬼強いし、今年の一年は優秀だ。幸先いいよ」

「あっ、それじゃあわたし、このまま鹿乃ちんのマンションに行きますね」

「おい小田島。待てよ」

年齢とリーチの差に任せて可愛がろうとする顕正の腕から逃れようと、宗哉がもがいている。面白いから、今度は本当に笑った。

「ばいばーい、ソーヤ君。お幸せにー」

「というか小田島！　もう『謎枠』は解決したんだからな。次こそなんか作れよな！　目玉焼きでもいいから！」

今は無理だ。もうちょっと待ってくれ。

まずいお鉢も回ってきそうだったので、沙央はさっさと逃げることにした。

雨が降る住宅街を、彼らとは違う道を選んで曲がる。自然と鼻歌も出た。

「解決、解決。一件落着、か」

幽霊だと思った不可思議な現象は、宗哉によって過不足なく泥棒の仕業だと説明され、その犯人も捕まった。めでたく八方丸くおさまった。

（……んだよね？）

オールクリア。何も問題はない。

そのはずなのに、なんだろう。このかすかに納得がいかない感は。取り残されている感じは。

「んー……」

自分でもうまく説明することができず、沙央は道の真ん中で首をかしげたり、今さっきした組み手の再現をしてみたりと、あれこれ手をつくしてみたわけである。

＊＊＊

——よし、誰もいない。

アパート中の人間が寝静まる深夜、響木宗哉は行動を開始した。

つばめ館一階の窓から左右を確認し、移動用の靴を持って庭へ降り立つと、そのまま息をひそめて門の向こうを目指す。

(やっとだよ)

振り返れば、本当にここまで長かった。

町をうろつく窃盗犯(せっとうはん)が捕まるまでは、こちらの夜歩きも控えてきたが、そろそろ自粛生(じしゅく)活も限界である。ちょっとだけでも、外の空気を吸いたい。

脱出にあたって最初の関門である離れの番犬は、宗哉の匂(にお)いを覚えているので吠えたてはしない。宗哉がその昔実家で飼っていた犬と、ほんの少しだけ面影(おもかげ)が似た柴犬だ。大家が犬と一緒に暮らす平屋の日本家屋は、つばめ館と同じく寝静まって真っ暗だった。

離れと共通の門扉(もんぴ)は立て付けが悪く、少し動かすだけで派手な音をたてる。

(なんで、こういう時はこれだ)

かわりに宗哉は植え込みの陰に隠しておいたビールケースを、ブロック塀(べい)の足場として設置し、それを足がかりに壁をよじ登った。

一番上にたどりついてから、一息をつく。

まずは気に入っている装備品が、ここまでの行程で傷んではいないかを確認する。前に急いで塀から飛び降りた時は、袖(そで)を引っ掛けてひどい目に遭(あ)ったのだ。全て無事であることを確かめてから、あらためて路上側へ降りようとし――。

「動かないで」

唐突に閃いた、フラッシュにも似たまぶしい明かりが、宗哉の視界を灼いた。

とっさに顔をかばわなければ、平衡感覚をなくして塀から落ちていたかもしれない。

ハレーションを起こす視界の中で、聞こえてくるのは若い女の声だった。

「そのままそこにいて。抵抗しても無駄だから」

この地声が大きな話し方は、小田島沙央だろう。二階『5』号室の柔道娘。

なんとか目が慣れてくると、警棒サイズの懐中電灯を両手に握った沙央が、塀の下から宗哉を見上げていた。

「やっぱり、泥棒とは全然違う」

「……よく気づいたね。窓から一瞬見ただけだったのに」

「投げたらわかったよ。あっちは66kg級。あなたはどう見ても60kg以下級」

どういう判別方法だと思った。

小田島沙央式の、宗哉には及びもつかない野生の勘のようなものがあるのかもしれない。

どこにも逃げ場がない状況にいて、またこのパターンかよと天を仰ぎたくなる。理屈が通じない世界は、大抵宗哉が負けるのだ。それはもう、今までの経験からしてそうだった。

「で、あなたは本当に幽霊なの？　それとも人間？　なんでここにいるの？」

しかも一瞬で人を見分けておきながら、肝心の正体の方はわかっていないらしい。もう笑うしかない。

「ふざけてる？」

「——ふざけてない。怒らせるつもりもない。俺だって、全日本の黒帯に殺されるのはごめんだ」

もう面倒なので、全部地声で喋ることにした。

宗哉はかぶっていたウィッグを取ると、そのまま塀の上から飛び降りた。歩く全身凶器にぶん投げられる前に、両手を高く掲げる。抵抗の意志がないことを示すために。

「ほら。そのライトあててよく見てみろよ」

「よく見ろって……あ、あーっ、ソーヤ君⁉」

だから声がでけえんだよ。

すぐにつばめ館と離れの電気が次々につきだし、俺の人生終わったなと端的に思ったのである。

＊＊＊

深夜二時の入居者用ラウンジで、とびきりの美人が椅子に腕組みでふんぞりかえっている。

「……だから。みんな窃盗犯のせいにしておけば、八方丸くおさまると思ったんですよ」

つややかな長い黒髪が、フェミニンなデザインのニットカーディガンと、フリルブラウスの胸元まで流れ落ちている。落ち着いたピンクのフレアスカートも、その下のリボン付きパンプスも、お嬢様系のコーディネートとしては完璧だ。品があって色白の、小作りな美貌によく似合っている。

一度はカツラを取ったところを至近距離で確認したはずなのに、どうかすると本物の女性に見えそうになるのが怖い。最初は声まで女の人のようだったのだ。

(確かに男の子にしては、可愛い顔してるとは思ったけど)

参った。ここまで女性の格好がはまるとは。

ラウンジには沙央の他にも、声を聞きつけて起きてきた人が集まっていた。みな目の前の美人が響木宗哉だと知って、度肝を抜かれていた。

「つまり響木君の場合は、犯罪に関わってるわけではないのね？」

「そうです。一緒にされるのは迷惑です」

起き抜けのカレンが、代表して事情聴取をしている。カレンだからまだぎりぎりイーブンだが、すっぴん部屋着でこの女装男子に対抗できる者は稀だろう。

「ただ純粋に、女装がしたいからしているだけと」

「はい。だって俺綺麗じゃないですか」

響木宗哉のカラーコンタクトをはめた瞳は、濁りなく澄んでいた。信仰を語るかのようだった。

そういえば彼が住んでいる一階『2』号室のドアプレートには、装飾で水仙が彫ってあった。池に映る自分に惚れて水仙になったナルキッソス。そのまま事例にあてはまる者を見るとは思わなかった。

「否定はしないけど……」

「この格好で出歩くのが、俺の一番のストレス解消なんです。外から摂取しないといけない、必須アミノ酸みたいなもんだと思ってもらえれば」

変態の処方箋の話だろうか、これは。

唖然呆然としている沙央と目が合い、美しく装った宗哉は、つや系のリップを塗った口の端を、皮肉げに吊り上げた。

「――で、どうするんですか？　俺の趣味がアブノーマルだって言いたいなら、ご自由に。そのぶん俺が知られないように立ち回ったことにも、理解が欲しいところですね。変態と同じ空気を吸うのが嫌っていうなら、出ていく心づもりもありますよ。いかがしますか？」

悪びれない。ごまかさない。終始徹底した、開き直りの姿勢だった。

そして彼に出ていけと言えるのは、もし仮にそういう権限を持っているとするなら、たぶんそれは他でもないつばめ館のオーナーだけだろう。

ラウンジには、眠いところを起こされたであろう、柳沢福子も来ていた。

彼女は古風なネグリジェにカーディガン姿で、「そうねえ……」と思案げな顔をする。

「……まあ、別によろしいんじゃないの？　若いうちは冒険したいでしょうし」

心のどこかで、罵(ののし)られることを期待でもしていたのか、宗哉は目を丸くした。

「そうですね……確かに個人の自由ではありますよね」

カレンもあっさりと、意見を修正してしまった。

「さあさあ皆さん、もう遅いから早くお休みなさい。明日起きられなくなっても知りませんよ」

「はーい。了解です」

いいの。ねえ本当にいいの。

鶴の一声から解散の流れになり、ばたばたと椅子が元の位置にしまわれていく。

「なあ、宗哉。今度その格好で遊びに行かないか？　奢るから」

「……見世物じゃないんで」

「はい約束約束」

顕正もどこまで本気かわからない調子で笑い、福子やカレンに続いてラウンジを出ていった。

宗哉は苦悩に満ちた顔つきのまま、しばらく鏡面仕様の丸テーブルを見つめていたが、やがて言った。

「……………ま、そういうことになったんで」

「わ、わかった」

思わず沙央もうなずいてしまった。

女装スタイルの彼も、若干おぼつかない足取りで部屋を出ていった。

最後にラウンジに残ったのは、沙央だった。

（えー、ちょ、ちょっと待って。もしかして、納得できてないのわたしだけ⁉）

ずっとずっと、がっかりというか「そんなあ」と言いたい気持ちでいっぱいだったのである。


高校三年の夏休み、インターハイに行けない代わりに病院のベンチにいた。もくもくと湧き上がる入道雲を見ながら、今度は普通の女の子の道を究めてやると誓った。顧問の先生は、やれるものならやってみろと言って笑った。

あれは今なら少しわかる。柔道で戦ってきた試合の相手と違って、普通と呼べるものがもっと曖昧で定義もしにくいものだからかもしれない。

追いかけてもつるつる滑る、そういうものを沙央はつかもうとしているのだ。

ラウンジに集まった翌日の朝、沙央は一階の玄関ホールで宗哉に出会った。

特に示し合わせたわけでもなく、ただ時間帯が合うという理由だけでばったりと。

「……おはよう」

「……おう」

お互い自分の大学へ向かう通学スタイルで、宗哉は化粧もしていなければ、スカートも穿いていなかった。

　ポーチの自然光が差し込む場所まで出て、そんな宗哉の姿を斜め後ろから見た時、どうしようもなく——ほっとしてしまった自分がいた。

　ああ、大丈夫。沙央が知っている男の子が、消えてなくなってしまったわけではないのだと。

　いつもの、意地悪で潔癖で、入居から三ヶ月近くかけて知ってきた宗哉だと思ったから。

　その彼がこちらを振り返った。これも知った顔だった。素は可愛いのにやたらと険がある表情。

「なにか言いたいことあるだろ」

「別に」

「じゃあなんで笑ってるんだよ」

　あっさりとした癖のない顔立ちは、こうして見ると本当に化粧映えする顔でもあったのだと発見を新たにする。きっと、ただそれだけのことなのだろう。

（大丈夫、まだフツーフツー）

　普通を知らない沙央は、無責任に思ってみる。

　どんなに突飛なことでも、オリンピックで金メダル取るよりかは、まだ難しくないだろう。

　外はまた雨が降りだしていたので、沙央は上から持ってきたボーダーの傘を差す。宗哉も透明なビニール傘を開いた。

「梅雨（つゆ）さあ、うっとうしいから早く明けないかな」

「次のポットラックの時ぐらいまでは、無理だろ」

「そうか。だよねえ」

「小田島は、さっさと料理覚えろよ。教えてやろうか？」

「ボロカス言わない？　失敗しても怒らない？　優しく優しく教えてくれる？」

「舐（な）めるな」

「じゃあやだ」

「こいつ」

　きっと沙央が求める普通女子の星は、この分厚い雨雲の上で、まだ見ぬ光を放っているに違いないのだ。

二品目　タルティーヌと合コンの掟

「ソーヤ君、合コン参加しない？　女子側で」

それは七月のテスト期間前で人が賑わう、栄拓大の学食での発言であった。

私立栄拓大学は、東京文京区は小日向にある、四年制の大学だ。ここ茗荷谷キャンパスは商学部と政経学部がメインのため、学生の比率はどちらかというと男子が多い。そのため食堂のメニューも、がっつりした揚げ物や丼系が充実していると沙央は思う。

キャンパスの男子を構成する一員、政経学部一年の響木宗哉は、すでにうどんを食べ終えて食器を脇に避けている。広げていたレポート制作の手を止め、薄い顔立ちの眉根を寄せた。

「人ん大学の学食で、特盛りがっついてる奴が何を言ってるんだか」

「や、だってうちんとこのカフェテリア、お洒落すぎて食べた気がしないんだもん。ドリアとか手のひらに載るんだよ」

「それでいいだろ。帰れよお嬢様の園へ」

「言われなくてもこれ食べたら帰るよ」

　ダッシュで急げば、沙央のホームグラウンドである睦学院女子大まで、三分もかからないだろう。しかし丼からはみ出るかき揚げが載った天丼は、ここにしかないのである。

（そして何より味がいい……）

　微妙に双方の昼休みの時間帯がずれているため、完売前に購入できるのは、大変にラッキーなのだ。

　ああ炊きたての銀シャリに、野菜と小エビのマリアージュな具。ややとろみがつくまで煮詰めた、甘辛ダレとの絡みも抜群だ。しかも学食価格で懐にも優しい。お茶とお味噌汁までついてくる。なんて素晴らしい。

「別に学食って、関係者以外使用禁止でもないでしょう。うちの先輩も、たまに栄拓の食堂でお茶するって言ってたよ」

「インカレサークルのミーティングとかだろ？　小田島とは100パーセント目的が違うから心配するな」

「何それ」

　沙央は立腹した。

インカレことインターカレッジサークルは、複数の大学をまたがる共同サークルのことだ。規模が小さな睦学院女子大は、他との交流を求めて他大学と繋(つな)がるインカレサークルに入っている人も多いと聞く。

出会いが欲しければ自分も入っておくべきだったと思うが、気づいた時にはもう学内のあやとりサークルに入ってしまっていた。内部生のおっとりとした子と一緒にまったり活動するのも、それはそれで悪くはないのだが。

「んでもソーヤ君でも、睦女(むつじょ)はお嬢様って思うんだね」

「例外がいるのは、小田島で思い知ったけどな」

「鹿乃(かの)ちんがさー、その睦ブランド駆使して、合コンの約束を取り付けてきてくれたんだよ。うちから観光科の先輩も入れて三人、向こうが集応(しゅうおう)大の人で四人だって。ソーヤ君入れたら、四対四でちょうどよくなるでしょ」

「だからそこで俺を勘定(かんじょう)に入れようとするなよ」

「本当に興味ない？　かっこいいかもしれないよ？」

「……小田島」

沙央が聞くと、宗哉は目を伏せ、深々とため息をついた。

「なに」

「俺は女装はするがゲイじゃない」

テーブルが一瞬静まり返り、周囲のざわめきが、急に大きく聞こえてきた。

「あ、そうなの……」

「そうだ」

そうか。そうなのか。思わず相づちを繰り返してしまう。

沙央なりに宗哉のことを理解しようと思っているのだが、まだなかなかピントが合わないようなのである。

（ソーヤ君は、男の子が好きなわけじゃない）

心のメモ帳を更新しておこう。

「だいたいゲイだとしても、ノンケの合コンに引っ張り出してなんになるんだよ」

「確かにそれはそうなんですがね！　でもできれば一緒に来てほしかった！　ダメなら指導だけでも！　合コンなんて生まれて初めてで何着ていいかもわからないわけで！」

着ていく服がない状態なのである。

ばたりとテーブルへ突っ伏す沙央の頭に、宗哉の冷ややかな声が降る。

「……小田島、本音はそれか」

「頼みますよー、大明神様。そのファッションセンスをちょっとでもわけてください……

前見たのすごい可愛(かわい)かったし……」

ふだんの沙央の私服は、基本パンツルックに合わせるカジュアルな格好ばかりである。しかしそれが合コン向きでないことぐらい、沙央もわかっている。

女装していた時の宗哉は、品良くフェミニンな服の取り合わせがよく似合っていて、あれこそ理想の女子コーデだと思ったのだ。ああいう格好が沙央もしたい。できるようになりたいのだ。

「俺から料理習うのは嫌だって言ったくせに。服ならいいのか」

「切迫度の差です」

ちょっとぐらい蔑(さげす)まれてもいい。今なら許す。

「──わかった。ただし優しくなんて期待するなよ。覚悟しろよ」

あ、どうしよう。すごい怖いかもしれない。


善は急げと、お互いの講義が終わったところで丸ノ内(まるのうち)線に乗り、向かった行き先は手近なところで池袋(いけぶくろ)のルミネだった。

レディースファッションのフロアには、専門店ごとに様々なジャンルの服が売っていて、ストリート、ロック、ナチュカワ、綺麗めとなんでもそろっていた。

ふだんの沙央なら『ありすぎて選べない。お腹いっぱい』と自家中毒を起こして、無印かユニクロでTシャツを買って帰るパターンである。

しかし今は、沙央の前を響木宗哉がずんずんと歩いている。

見た目は小柄で地味めの男子大学生だが、こと女子の服装にかけては一家言以上があるマスターのはずだ。

「小田島は、そもそもどんな服が着たいんだ?」

「えーっと……できれば優しくて女の子らしく見えるようなの。こう、ふわっとしてるけど、きちんともしてて……」

我ながら図々しい上に具体性に欠けるなと、言いながら思った。

「ソーヤ君が着てたのとか、正直かなり理想に近いと思う」

「だいぶ今のとかけ離れてるな。モテるためだけに、好きでもない服着るつもりか? 痛いからやめろよ」

「や、そうじゃなくて。本当に好きは好きなんだよ。色々試してみたけど、おかしいからやめただけで……」

ふんわりシフォン素材の、透けるブラウス。レースやフリルのついた、甘めのトップス。

ロマンチックなフレアスカート。売り場で可愛いと思っても、試着室の鏡の前で、何度絶望したことか。身長は平均身長だし、体脂肪率で見れば決して太っているわけではないのだが、着るととにかく『うわ、ごつ……』と絶句してしまう。優しい服が全然優しく見えない。カーテンの向こうで待つ店員さんにお見せすることすらできず、慌てて脱いだこと数知れず。今では試すこと自体やめていた。沙央にあの路線は似合わないのだ。絶望的なまでに。

「肩にフリルがついたシャツ着て、アメフトの選手みたいになったりか？」

「そうそれ！」

「ふんわりAラインのワンピースがやたらと強そうに見えたり」

「なんで知ってるの⁉」

試着室覗いたのかおまえ。

「知ってるも何も、小田島の体型ってどう見ても骨格診断で言うところのストレートで、肩幅が機動戦士ガンダムになるタイプだろう」

「ガンダ」

「逆三角形の、アスリート体型。逆襲のシャアならぬ逆三の沙央。腰も張って筋肉もついてるから、一番いいのはスーツ着ることなんだろうけどな。まあそれは今回無理にしても、変に肩のあたりを盛ったりウエスト回りをふんわりさせたりするのは逆効果だ。モビルスーツの肩を強調して許されるのは、キュベレイかハイゴッグだけって言うだろ」

知らねえよ。聞いたことねえよ。なんでもガンダムでたとえるなよ。

宗哉は「たとえば——」と、通りがかった店の中に入っていった。

どうもテイスト的には沙央が何度も試して撃沈してきた、フェミニン系のブランドのようだ。

「いかり肩と胸板の厚みを拾わないように、装飾は少なめですっきりさせた方がいいと思う。どうしてもレースとかが着たいなら、合繊で袖なしとかはどうだ」

つらつら喋りながらハンガーにかかっている服を一つ一つ横に滑らせていき、引き抜いて渡してきたのは、総レースのカットソーだ。

浅めのスクエアネックで、袖はなし。灰色がかったベージュの色使いが上品だ。しかし——。

「ノ、ノースリーブ……ガンダムなのに腕出しするのは危険では」

「隠すよりは出した方が、まだ見苦しくないんだよ。それで次はパンツかスカートかって話だが……小田島、ウエスト何センチだ」

「はあっ⁉」

女子にそれを聞くか？　おまえの血は何色だ？

「ソーヤ君、いくらなんでもそれは……」

「──小田島。俺はだな、小田島に頼まれて、わざわざ、試験前の貴重な時間を割いてつきあってやってるんだ忘れるな」

至近距離、彼は絶対零度の眼差しで凄んでみせた。

「嫌なら今すぐ帰ってもいい」

「……かえらないでください……」

沙央は泣きたかった。しかしこの場でトップシークレットを口にするのはどうしても憚られたので、スマホに数字を打ち込んで宗哉に見せた。

「太いな」

「ねえ人権って言葉知ってる⁉」

「しかしそれ以上に肩と腰が出てるから、相対的にくびれては見える。ここはマークしない手はない。フレアやプリーツは横に広がりやすいからできれば避けて……なあ、小田島は脚出すことに抵抗あるか？　ミニのおとなしめのとか」

「……あー、短いのはちょっと。手術痕があるから」

沙央が膝を指さして答えると、宗哉は不意をつかれたように一瞬無言になった。

「わかった。そっちはやめておく」

ウエストを明かした時の方がよっぽどショックだったのに、罪悪感を覚えているようで変な人だなと思った。

最終的に彼が選んだのは、張りのあるリネン素材でできた、ロング丈のペンシルスカートだった。

（こっ、こんな大人可愛い服）

色は優しいコーラルピンク。タイトな上にピンクだ。ウエストマーク用のリボンも付いている。

これを着るのか？　自分が？

「ほら、選んでやったんだから着てみろよ。でないと合うかどうかもわからないだろ」

相変わらず彼の言葉は、直接的すぎて優しくはない。

しかし言っていることは確かなので、沙央はうなずいた。どうせ駄目でもともとだ。決死の覚悟で、店の試着室を目指したのだった。

思えば試着室の鏡というのは、大抵沙央をがっかりさせるものだった。

自分が心血を注いで懸けてきたもののせいで、着たい服が着られないという事実はむなしいものだ。一回筋肉がついてしまった腕はなかなか細くならないし、変形気味の耳もそうだし、うっかりすると外股になる足もコンプレックスだ。

しかしどうだろう。今、自分はがっかりしているか？　自分に絶望して悲しい気持ちになっているか？

（逆だ、逆）

びっくりした。本当に驚いている。

「おいどうだ？　小田島」

宗哉の声がしたので、沙央は試着室のドアを開けた。

「わーっ、お似合いですよー、お客様」

手を叩いて歓声をあげたのは、ショップの店員である。普段なら言葉に困った上でのお世辞と思うところだが、今回は違う。沙央自身が非常に満足しているからだ。

「すごいねえ。ソーヤ君のセレクト、神業だよ」

逆三の沙央で肩幅ガンダムのはずなのに、ノースリーブのトップスと、タイトなペンシルスカートと一直線のラインを作ったおかげか、いつもよりごつさが気にならない。その上でレース、リボン、ピンクと乙女要素をてんこもりにしているのに、今までで一番すっきりして見えた。女の子らしかった。

くびれの位置で結んだ共布のリボンを、沙央は感心してつまんだ。

「胴回りが太かろうが、ふんわりごますより縛っちゃった方がいいんだね……ウエストマークしていいものなんて、柔道着の黒帯だけだと思ってた……」

「それは世界が狭すぎっつーか特殊すぎだろ」

しかし、柔らかい素材よりは張りのある素材、襟は詰まっていないVネックなどが推奨、ウエストはベルトやリボンなどでマークした方が沙央にはいいと聞くと、骨格診断ストレート民と柔道着の相性というのは、かなり良いのではないだろうか。

（どうりで薄手のトレーニングウエアより、柔道着でいる方がしっくりくると思ったよ）

あれは沙央の柔道家魂がなせるものかと思っていたが、ちゃんと理論で説明できることだったのだ。

「何事も工夫次第ってことか。ありがとうねソーヤ君」

「というかな、女が女の服着て着る服がありませんとか、甘えんなって話だ」

本気か照れ隠しか、宗哉は毒づいた。

「俺の場合、その『創意工夫』が大前提だから。もともと想定されていない体型で着こなそうと思ったら、今回みたいな足し算引き算、素材と色の組み合わせをもっと厳密にやらなきゃいけなくなる。限界まで自分を知って敵を知って、楽してできる格好じゃないんだよあれは」

「な、なるほど……」

「まあ、だからこそ仕上がった達成感もたまらないんだけどな」

レディースのフロアに、水仙の風が吹いた気がした。ナルシスト。

「ほんと、彼女のことよくわかってる彼氏さんで羨ましいです。これ着てデートとか最高ですよー」

ショップの店員さんだけが、ピントの外れた喜び方をしていた。

宗哉は別に沙央の彼氏ではないし、彼が語る女性服の理論は女子の気持ちに寄り添った一般論ではなく実体験だし、沙央が探しているのはデート服ではなく、合コン受けのいい服である。こう考えると身も蓋もない。

「で、どうする。買うのかこれ」

「う。うー……わかった。両方とも買う」

「ありがとうございますー」

服は、沙央にしてはいいお値段だったが、ここまで自分にぴったりのものを出されて、ハイやめますとは言えなかった。

会計を終えて、ショップのバッグを持って店を出る。

「カリスマ店員になれるんじゃないの、ソーヤ君」

「俺に接客がむいてると思うか？」

即答できなかった。あの心えぐるトークタイムを乗り越えないとダメとなると、確かに厳しいかもしれない。

沙央は長年のコンプレックスのようなものを解消してもらって、その前のやり取りなど吹き飛んでしまったが。

「安心してる場合じゃないぞ。これにびしっと合わせる靴とバッグと、メイクもトータルで考えないといけないからな」

「そ、そうだね……」

道のりは厳しそうだ。

沙央は途中まで宗哉と一緒に歩いていたが、エスカレーターの手前で足を止めてしまった。

「小田島？」

気づいた宗哉が、こちらを振り返った。

「あのさあ、ソーヤ君。やっぱり合コン一緒についてきてもらうって、ダメかな」

不安なのである。

彼なら『普通』の輪の中で失敗しても、致命的なことになる前に指摘してもらえるかもしれない。今回のような魔法をかけてくれるかもしれない。一人で恥をかくのは、やっぱり怖い。

最初の一歩がトラウマになるようなことは、できれば避けたいのである。

「……弱虫なこと言ってるのは、わかってるんだけど。やっぱり自信ないんだよ」

「小田島……」

「この通りです。お願い」

沙央が手を合わせると、彼は深々とため息をついた。

「ああわかったよ。こうなったら乗りかかった船だ。最後までサポートしてやるよ」

「うおお、ありがとう大明神ー」

「寄るな」

雄叫びをあげてしまい、宗哉にしばらく近くを歩くなと言われた。

人ごみの中できっかり一・五メートルの車間距離を保ちつつ、それでも感謝の心は尽きなかったのである。持つべきものは、つばめ館の友である。

＊＊＊

合コン当日の土曜日。沙央はでかける前に、響木宗哉の厳しいチェックを受けた。

「六十五点」

「ひくっ」

「これでも甘くしてやってるわ。口紅、ちゃんとライン取るかぼかすかはっきりしろよ。鼻のとこファンデがむらになってるぞ。べたべた塗りたくるくせに顎のニキビ痕をなんで放置できるんだ」

「いっぺんに言わないでー」

「もういい一回落とせやり直す」

キレ気味に顔面を拭われ、手持ちのコスメポーチに入ったプチプラ化粧品の使い勝手が悪いと文句を言われ、それでも彼に一からフルメイクし直してもらったら、最初よりずっとましになったのは悔しかった。

「――まあ、こんなもんか」

使ったグロスのキャップをはめ直しながら、宗哉がつまらなそうに言う。

その本人は言うだけのことはある、完璧かつ可憐な化けっぷりであった。

「あらためて思うけど、ほんと女の人にしか見えないよ……」

「綺麗な女の人って言って」

やわらかな女性らしい声で、宗哉が微笑んだ。水仙が水仙すぎてぞわぞわした。

シャーリングを寄せた立て襟のブラウスに、クラシカルな幾何学模様のロングフレアスカート。足下は光沢のあるストッキング。お上品に見せて、元の骨格と肌質を完璧に消し去っていることに気づいた時は脱帽した。無駄な露出を好まない、清楚なお嬢様にしか見えなかった。

「いろいろ不安でしょうが、今日は沙央さんが人気者になれるよう、私が支えていきますから、リラックスしてくださいね」

「……う、うん……」

「大丈夫、可愛くできましたから」

そうして服を見た後に買った籠バッグと、手持ちのレースアップのサンダルを合わせ、宗哉と一緒に自分の部屋を出た。

階段を下りていくと、日用品の買い出し帰りらしいカレンが、二階に上がってくるところだった。

「どうしたの、沙央ちゃん。そのスカートとトップス、すごい素敵。似合ってる」

「ありがとうございます！　これから合コン行ってきまーす」

「それとそこにいるのは……響木君ね」

わかってはいるが確かめずにはいられないという感じで、カレンが確認する。女装宗哉は、涼やかに笑んだ。

「ちょっと、沙央ちゃん」

カレンは声をひそめて、沙央を手すりの方へ手招きした。そして耳打ちしてきた。

「まさか彼も一緒に行くの？」

「そうですよ」

「気をつけてね。場にいる男、全員持ってかれないように」

「ま、まさかあ。ソーヤ君、サポートに徹するって言ってましたよ……」

半笑いで沙央は答えたが、カレンはただ真剣な顔で、「本当に気をつけてね」と繰り返しただけだった。どういう意味だ、それ。

「沙央！」

一緒に合コンに参加する鹿乃子とは、新宿駅のアルタビジョン前で待ち合わせをした。

鹿乃子は四人目の参加者である先輩と知り合いで、沙央たちが時間ぴったりに到着すると、すでに二人は集合済みだった。

「やっほう。待った？」

「いやいや林先輩もあたしも、来たばっかだから。ね？」

二人は顔を見合わせる。沙央はまず初対面の先輩に挨拶をした。

「はじめまして、小田島沙央です！　グロコンの一年です！」

「うっわあ、元気ー。観光科二年の林ななせです」

一見年上には見えない、小柄で甘い顔立ちの人だった。ついでに言うなら、かなりのアニメ声の持ち主。ふわふわの猫っ毛をガーリーに編み込んで、生成りのティアードワンピースを一枚で着て、赤いリップとの対比がとてもキュートだ。

鹿乃子は鹿乃子で、長身でスタイルがいいのを利用して、ハイウエストのミニスカートで綺麗な足をがっつり見せている。

どちらも可愛い。レベルは高いように思う。

（……い、いやいや。今日はわたしだって、わたしなりに可愛くしてきたはずだ。見劣りとかそういうこと考えちゃダメ）

あくまでテイストの違いであって、そこに優劣はないはず。たぶん。

「林先輩とは、バイトのシフトが一緒でよく話すの。それで今日、一緒にどうかと思って」

「もー、誘ってくれてすっごく嬉しい。ほんとありがとうね、鹿乃子ちゃん」

「で、沙央の方は、まだ詳しいこと聞いてないよね。連れてきたお友達の子とか」

鹿乃子は沙央の後ろにいる、女装宗哉のことを気にしている。

（そういえば、なんて紹介すればいいんだ？　本名言うわけにもいかないし）

彼女も一応、男の状態の宗哉となら面識はあるはずだが、まったく気づかないようだ。

迷う沙央をおいて、宗哉が自分から自己紹介を始めた。

「――ヒビキナツミと言います。よろしくお願いします」

「え、ヒビキってもしかして……」

「はい。宗哉とは、いとこ同士なんです」

「えーっ、そうなんですか。びっくり」

宗哉は目を細めて品よく微笑み、鹿乃子と親しげに喋（しゃべ）っている。なんだよ君、ちゃんと考えていたなら事前に教えてくれと思った。

「集応大の方たちは、もうお店にいらっしゃるんですか？」

「うん、そうみたい。待ってるって、さっき連絡来た」

「合コンとか久しぶりだなあ。ナツミさん綺麗だから、わたしなんて絶対霞(かす)んじゃいそう」

「そんなことないですよ。林さんに比べたら全然」

ごく自然に謙遜(けんそん)もしてみせた。

「こういう集まりって、初めてで。今もどきどきしてます」

「嘘お、見えないって――」

しかして実際に合コン会場の、カラオケボックスのパーティールームへ移動するのであるが――。


「どうもー、よろしくお願いしまーす」

沙央たちが四人並び、高い声で挨拶をすれば、

「こちらこそ。いやー、みんな可愛くて嬉しいなー」


上の句と下の句のような反応の良さで、見知らぬ男子学生たちが返してくれた。

彼らはつばめ館のアイドル枠(わく)、堀下顕正(ほりしたけんしょう)ほど図抜けてお洒落(しゃれ)だったりイケメンだったり

するわけではなかったが、みなそこそこ清潔感はあって、格好にも気を遣っている感じはした。食べ物や飲み物の注文に手間取ることも、ほとんどなかった。

　しかし南国のリゾートホテル風のパーティールームに入って、そろそろ一時間。テーブルを挟んで四対四を続けた沙央は、実感した。

「沙央さんはさ、何かサークル活動とかやってるの？」

「……は、はい。わたくし睦学院女子大の、あやとりサークルに所属しております！」

「へえ。あやとり。いいね」

　質問した青年は、顔に好感度の高い笑みを張り付かせたままうなずいた。こちらが緊張のあまり軍隊みたいな答えになったことは、どうでもいいことのようだ。質問する前と後で、まったくと言っていいほどステータスに変化はなかった。

「で、ナツミさんはどうなの？」

　今度はかなり前のめりに、言葉にも熱がこもる。

「私は……みなさんみたいにサークル活動とかしたことがなくて。実は大学じゃなくて看護学校に行ってるんです」

「看護！」

「ナースの卵ですか！」

「集応大の法学部って、弁護士になられる方も沢山いらっしゃるんですよね。私とはレベルが違いすぎて気後れしそう……」

「とんでもない！　看護師は尊いお仕事ですよ！」

「俺も倒れたら看病してくれますか」

睦女はお嬢様の集まりで、その学校名はブランドになると、いったいどこの誰が言ったのか。なあ誰なんだよいったい。

実際に合コンの蓋を開けてみれば、一番人気はアニメ声で観光科の先輩でも、美脚クイーンの鹿乃子でも、まして沙央でもなかった。可憐にはにかむ女装宗哉に、男性陣の質問は集中し続けた。

「はいはい！　わたしも今、サークルとか入ってなくて。寂しいから誰か遊びにつれてってくれませんかー」

「へえ、そうなんだ良かったね。それでナツミさんは――」

なんとか話に加わろうとした林ななせが、一撃で跳ね返されて壁へたたき付けられる幻が見えた。コンクリートがえぐれて煙が上がるやつである。

「まだ学生ですから」

「白衣の天使とナツミさん。絶対似合いますよ」

なんなのだ、このヒビキナツミ祭りは。そしてそれ以外の人間への、露骨なまでの扱いの差よ。

――気をつけてね。場にいる男、全員持ってかれないように――。

（カレン先輩）

はっとした。あなたが言いたかったのは、このことだったのか。

絶対にありえないと思っていましたが、まさしくご忠告通りのことが起きている気がします。

「アホらしい。歌うわ」

「あたしも――」

さらに三十分後、ななせと鹿乃子はすっかり戦意を喪失し、冷めた眼差しでカラオケの検索を始めた。そんな二人がマイクを握りしめて歌うことに専念しだすと、空いた席に男が座る。男の周りを男が囲んでちやほやするという、沙央だけが実態を知る地獄絵図ができあがっていた。

（……ソーヤ君はわたしのサポートに徹するって言ってたんだし、こうなっちゃったのはたぶん不可抗力ってことだよなあ……）

注文したコラーゲンドリンクを一人ぐびぐびと飲みながら、沙央は部屋の対角線上に築かれた逆ハーレムを観察する。

ひっきりなしに話しかけられ、宗哉も対応に苦慮して身動きが取れないのかもしれない。

「……はっ、ぐしゅん！」

一人湿ったくしゃみをしてから、沙央はむき出しの二の腕をさすった。

それにしてもこのパーティールーム、冷房がきつい。いったい今、何度なのだと思った。へたに人口密度に偏りがあると、同じ部屋でも余計に寒さが厳しく感じられるのかもしれない。ノースリーブにスカートとサンダル履きは、思った以上に冷えへの耐性に欠けていた。

やはり骨格診断がどうであろうと、見栄をはらず長袖のカーディガンぐらい持ってくれば良かったのだ。どうせもう、見てくれる人もいないのである。

次の注文は、絶対に熱々のホット一択だと思った。

沙央が飲み放題のドリンクメニューを手に取ったら、がら空きの横に人がやってきた。

「――小田島、沙央さん？」

驚いた。男子である。

「ここ、いい？」

「ど、どうぞ」

推定一八〇センチ越えの大柄な体が、のそりとソファに沈む。この感じはたぶん81kg級と見た。

「いやあ……あれからどうしても気になってさ。小田島さんのあやとり話」

デニムの半袖シャツに黒のスキニーパンツをはいて、他の男性陣同様シンプルかつさわやかめな格好に寄せてはいるが、彼だけスポーツ刈りに近い短髪で、首も太くて胸板も厚いので、シュッとしたハンサムの群れに一人だけ路線が違うタイプが紛れていなと思った人だ。

確か名前は、山田裕樹君。集応大の法学部二年生。

「みんな気にならないのかね。だってあやとりだよ？　あやとりのサークルって何するの？　大会とか闇トーナメントとかあるの？　考えだしたら止まらなくてさ」

「階級別で戦うとか？」

「たぶん一子相伝の秘伝のあやとり書をめぐって、兄弟子と弟弟子が血で血を洗う争いをするんだよ」

「それは弟弟子が天才で、兄弟子が嫉妬するパターンですね」

「弟弟子の胸に抱かれながら、兄弟子は息を引き取るんだ。その手には禁制の闇あやとりが握られている――」

そこまで真顔で喋って、二人とも耐えきれなくて噴き出した。大笑いしてしまった。

「で、本当のとこどうなの」

「……別に、変なことはしないですよ」

沙央も呼吸困難から出た涙をぬぐいながら、裕樹に説明した。

「週一で集まって、お茶飲みながらあやとりするんです。童歌なんかも覚えて、老人ホームの慰問に行ったりもします」

「へえ」

「あやとりって、けっこう奥が深いんですよ。紐一本でできますし、日本の伝統的な遊びってだけじゃなくて、世界中に同じ遊びが点在してるんだそうです」

沙央がいるグローバルコミュニケーション科も、いまいち何をするところかはっきりしなかったのだが、ゼミによってはそういうものを研究する場合もあるらしい。

四月の新入生歓迎コンパで、あやとりサークルの会長をしている人から熱いあやとりトークを聞いた沙央は、それって柔道よりすごいじゃーんと単純に思って入会を決めてしまったわけである。

「アフリカ奥地の人と、言葉は通じないのに二人あやとりでコミュニケーション取れたりするぐらいなんですよ。ちょっと一個作ってみましょうか」

「あ、カバンからマイあやとりが」

出るだろう。いつ闇のあやとり戦士から、あやとりバトルを仕掛けられるかわからないのだから。

沙央が使っているのは、一般的にあやとり用として売られているアクリルの紐だ。色は赤。理屈上ではたこ糸だろうがビニール紐だろうがあやとりは可能だが、細すぎたり癖がつきやすかったりするものは取りにくいのだ。

(よいしょっと)

大人用一八〇センチのループ紐を素早く両手にからめると、練習した通りにせっせと指を動かす。

「よし、できた！　『人食いワニ』！」

「おおー」

「これはパプアニューギニアに伝わるあやとりです。で、この次がカナダはイヌイットの人たちのあやとりで――『上腕をピクピクする男』！」

「すげえすげえ。マジでピクピクしてる」

ちょっと凝った型を披露するたび、裕樹がダイレクトな反応をくれるので、嬉しかった。

いくつか沙央の一人あやとりを見た後、彼は神妙な顔で訊ねてきた。

「……俺さあ、児童館で指導員のバイトしてるんだけど、こういうのって覚えたら使えるかな?」

「使えます使えます。お子様用だったら、もうちょっと易しいのがいいと思います。二人あやとり覚えるのもいいかも。手品あやとりとか」

「あ、カバンから予備の毛糸玉が」

出るだろう。常日頃からあやとり普及に努めよと、サークルの会長から言われているのである。

裕樹は大柄なので、沙央より少し長めに作った方がいいかもしれない。

「何か今まで、スポーツとかやってましたか?」

「ラグビー。ナンバーエイトやってた」

「へー」

「今は怪我(けが)したからやめてる」

——この人とは仲良くなれそうな気がした。

アクリル毛糸を長めに出したら、裁縫(さいほう)キット用の小さいハサミで切る。結び目が目立たない結び方が、コツと言えばコツだった。

沙央に作ってもらったあやとりを、裕樹は嬉々として自分の腕へかけている。

「うわー、すげえ久しぶり。いつ以来だろ」

「二人とも、何をしてるんですか？」

ふと気づけば、女装宗哉がにこやかに笑って近づいてきた。

「な、ナツミさん！」

裕樹の声が、一段と上ずった。

「すごく盛り上がってる感じの声がしたから」

「なになに？」

「どうかした？」

宗哉が裕樹の隣に腰掛けると、もともと宗哉の周りに張り付いていた男たちも、芋づる式にこちらへ移動してきた。

「……えーっと、あやとりをやろうという話を、しておりました……」

「えっ、あやとり？　今ここで？　私も混ぜてもらってもいいですか？」

「じゃ俺も俺も」

「よろしくね、タオちゃん！」

タオじゃないよ。サオだよ。

裕樹まで、期待に満ちた目で沙央を見ている。

「じゃ、みんなでやりますか……」

必然的に予備の毛糸を切ってあやとりを作る係になり、人数分を配って講師役ももちろん沙央だった。

「まずは伝統的な一人あやとりの、『ほうき』を作ってみましょうか……」

はあいと複数の返事が上がる。即席の生徒の中心にいるのは宗哉で、講座が進んでいく中、宗哉と裕樹が親密に話しているのを目撃した時は泣きたかった。

(裕樹くん)

そんなに嬉しそうな顔するの。ひどいよ。あなたなら好きになれると思ったのに。

「ここをこう引っ張るとホウキになって……あれ？　抜けちゃったよ」

「もう、裕樹君」

それというのも響木宗哉、おまえだ。おまえがいけないのだ。

何がサポート役に徹するだ。この裏切り者。男は好きじゃないとか言ってたが嘘だろ。

カムバック裕樹君。千々(ちぢ)に乱れるこの感情を、なんとたとえれば良かったか。

(たんすの角に小指ひっかけて、カップ焼きそばの湯切りに失敗しろ——っ!!)

部屋では女性ツインボーカルによる『ぬけがけしないで』が、延々と流れていた。

合コンの後、男性陣は宗哉との連絡先の交換を全員希望したようだが、「私は沙央さんと一緒に帰ります。今日はどうもありがとう」と笑顔のコメントで華麗(かれい)にさよならとなったらしい。

おかげで沙央は鹿乃子たちと一緒に帰って愚痴(ぐち)をこぼすこともできず、むかつく野郎の顔を見ながら丸ノ内線に揺られるはめになったのだ。

茗荷谷駅を出て、つばめ館に向かう道で最初に出会う下り坂を、茗荷坂という。『縛(しば)られ地蔵』で知られる林泉寺(りんせんじ)沿いの、最初は車もすれ違えないような細い道だ。

沙央は電車から一言も口をきかず、街灯に照らされたその坂道を、一秒でも早く帰宅することだけを念頭に置いて下り続けた。

「……それにしても沙央さん」

なんだ。馴(な)れ馴(な)れしく話しかけるな。

「本当にあやとりでサークル活動してたんですね。今日まで何かの比喩(ひゆ)かと思ってましたよ」

だからなんだ。無視だ無視。無視無視無視無視無視。

「そろそろ機嫌を直しませんか？」

「うるさい嘘つき！」

何が機嫌じゃ。

ついに振り返って、後ろをついてくる人間をにらみ付ける。そこには本日の一番人気で、沙央の理想を体現したような品のいい女子がきょとんと立っているのである。別名裏切り者のユダ。

「約束がぜんぜん違うじゃない。サポートするって言ってたのに。人気者にしてくれるって言ってたのに。あれじゃ抜け駆けの独り占めだよ」

「……ったく、めんどくせー」

急に男の声と口調に戻るので、なおさら腹がたった。

「開き直った。このひと開き直った」

「俺が悪いんじゃなくて、寄ってくる男が悪いんだろう。どいつもこいつも雑魚ばっかりだったぞ。ちょろすぎて遊んだって認めればいいのか？」

「があああ」

絞め殺してやりたい。

変なところで潔癖なくせに、こういう時だけ人で遊ぶな。

「なんだよ、まさかあのデカブツのこと本気で惚れてたのか。だったら謝るが」

「そうじゃない！　それはもういい！」

　宗哉に向かってでれでれしている顔で、充分幻滅して冷めた。問題はそこじゃない。今謝られたら余計に立ち直れない気がする。

（……はー、可愛くなりたい……）

　本当に。

　むかつくが宗哉が言う通り、その程度の人間しか集まっていなかったということなのだろう。そしてそういう奴にもわたしは選ばれなかった。現実ツライ。現実キビシイ。

「ふわっ――」

　ぐっしょん！

　おっさんくさいくしゃみがまた出て、そういうところが駄目なんだろうなと洟をすりながら思ったのだった。

「汚いな。大丈夫かよ」

「ごめんティッシュ持ってる？」

＊＊＊

耳で測るタイプの体温計が示した数字は、三十八・四度だった。

（けっこうあるな）

宗哉は体温計の液晶部分から目を離し、夏がけ布団に頭までくるまっている小田島沙央の姿を確認した。

昨日の夜から体調を崩してぐすぐす言っていたようだが、ついに動けなくなったらしい。カラオケのパーティールームで、冷房に負けたのが原因だとのことである。

「小田島は、平熱高いタイプか？」

「ふだんは六度台の前半ぐらいだと思う……」

「とにかくこれ、うちにあった風邪薬と備蓄ポカリな。おとなしく寝てろよ」

「ありがとう。まさか敵に塩を送られるとは……」

「……何か他に、食べられそうなものとかあるか？」

「焼き肉……」

「風邪ひいてるんだよな？」

「うちじゃ風邪ひいたひとにはお肉が相場で……」

いよいよ熱にうかされてきているのかもしれない。常軌を逸したことを喋(しゃべ)りはじめた。

もっとも沙央の場合、ぶっ飛んでいるのはいつものことでもあるのだが。

「ソーヤ君、これからポットラック・パーティーに出るの?」

「そうだが?」

「……わたしの、ぶんまで、楽しんできてね……っ」

こいつたぶん、布団の中でタオルケット噛(か)んで泣いてる。ドン引きの食い意地であったが、指摘しない程度の情けはあった。

いいから、寝ろ小田島。

宗哉は心の中で呼びかけ、二階『5』号室を後にした。

そのままラウンジへ直行する前に、一階にある自分の部屋へ立ち寄る。

キッチンのコンロに、作っておいたスープの鍋(なべ)があった。

(福子(ふくこ)さんに対抗してっていうのも、おこがましいけどな……)

火をつけて、蓋(ふた)を開ける。ここで温め直して、熱いものを持っていくつもりだった。

中身は野菜とベーコンと、二枚貝のあさりを煮込んだクラムチャウダーだ。ミルクベースの米国ボストン式ではなく、トマトで煮込んだマンハッタン・タイプなのが、宗哉なりのこだわりであった。

途中で味を見てみるが、厚切りベーコンと貝の出汁、そしてトマトの酸味が、うまい具合にスープとして溶け込んでいる。知名度で言うならボストンの方なのだろうが、好みで言うなら断然こっちのマンハッタンだろと思う宗哉である。

前回福子が作った参鶏湯は、さすがの出来であった。

子供の頃から必要にかられ、見よう見まねで台所に立ってきた宗哉に比べると、彼女が作るものは直球でアレンジもほとんどしない本格派だ。たぶん宗哉がポットラックに出る理由の半分は、リトルリーグの野球小僧が、メジャーのピッチングを生で観たい欲求に近いように思うのだ。

温め終わると、再度蓋をする。食べる時にスープへ割り入れる用のクラッカーも小脇に抱えて、部屋を出た。


ラウンジには、すでに本日の参加者が全員そろっていた。

堀下顕正が、くし切りレモンをグラスに沈めたジントニックで、先に一杯始めていた。

「やあ。トリで宗哉が到着ー」

「すいません、遅れました」

　宗哉は鍋を丸テーブルに置く。

　他に到着済みのメニューは、大皿いっぱいに揚がった肉団子の甘酢あんかけに、いくつか具材を変えたオープンサンドイッチ。デザート枠で、カット済みのスイカとドラゴンフルーツが出ていた。

　肉団子の方はどう考えても、『肉枠』担当のカレンだ。自分では作らない顕正が果物をデパ地下で買ってきたとなれば、サンドイッチが福子の作だろう。

　小ぶりの花瓶に飾った白いハンゲショウの花が、食卓に別の彩りを添えていた。

「沙央ちゃん、調子どうだった？」

「とりあえず、寝てれば治ると思います。スープ配るんで、器いいですか」

　カレンの質問に答え、鍋の蓋を開けた。

　実際にトマトが入った赤いカップが回ってきたのを見て、「あら、クラムチャウダー」と嬉しそうに目を細めたのも福子だ。さすがである。

「福子さんがサンドイッチ作るのも、珍しいですよね」

「ええ、タルティーヌを作ってみたの。どうぞ召し上がって」

　タルティーヌ。聞いたことならある。確かフランス式のオープンサンドのことだ。細長いバゲットや丸いパン・ド・カンパーニュを薄切りにし、そこに具材を載せて食べるスタイル。後でちゃんと検索しようと思った。

福子が作ったタルティーヌは、二種類あった。

他の人たちにパーティーらしい歓談はお任せし、宗哉はもっぱら味を見ることに専念した。

(まずは一個目)

なんとなく、勝負に挑むような緊張感がある。

水平にスライスしたバゲットの上にバターを塗り、スライスした洋梨をのせ、さらに刻んだセロリとブルーチーズを和(あ)えたものがトッピングされていた。癖(くせ)が強めなチーズを、洋梨とセロリがタッグを組んで完璧(かんぺき)に押さえ込んでいる。珍味ではなく、王道の味だと思った。

もう一つは、黒オリーブとチェリートマトがメインだ。

下に塗ってある白いクリームがなんだろうか、気になった。ほろほろとした木綿(もめん)豆腐にも似た質感で、食べるとほのかに甘い——水切りヨーグルト——カッテージチーズ——いやたぶん違う。もっと真剣に考えろ。

「福子さん。このトマトがのったサンドイッチ、すごくおいしいです。具はなんでできているんですか？」

「トマトの方はリコッタチーズを厚めに塗って、上にオリーブとチェリートマトよ」

「ああ、なるほど！　今度真似（まね）します！」

おまえ、簡単に聞くなよ！　台無しだろうが！

思わず先輩のカレンを、睨（にら）みつけそうになった宗哉である。

（リコッタ……あと三十秒あったら、俺だって気づいてた……）

何か神聖な戦いを、汚されたような気分になった。

「それにしても宗哉の奴もさ、いい加減もったいぶらないで話してくれてもいいと思うんだけど」

「……なんの話をですか、堀下さん」

「とぼけるなよ。昨日の合コンの件だよ」

顕正はテーブルに頬杖（ほおづえ）をついて、目線だけにやにやとこちらを見ている。

「沙央ちゃんと二人で行ってきたんだろ」

「そうそう。しかも女子側で」

「僕も見たかったよー。なんで写真ぐらい撮っといてくれないのさ」

先輩二人に興味津々（しんしん）にされ、宗哉は顔をしかめた。

福子もいる前で話す話題かと思ったが、福子は福子で「あらまあ、まあまあ」と目を輝かせだした。

確かに基本気持ちが若いというか、相当器がでかくなければ、今までのことも受け入れはしないかとも言えた。

「……別に、大したことは起きてないですよ」

宗哉は昨日の合コンの成果を、手短に話した。

聞いたカレンは、南方系の濃いめの顔で目を見開いた。

「──えっ、じゃあなに。けっきょく響木君の一人勝ちってこと？」

「そう言われると、語弊がありますが。連絡先は全員から聞かれました」

「いくらなんでもひどくない？　沙央ちゃん、響木君はサポートに回ってくれるって信じて疑ってなかったのよ？」

「ああ、わかったよカレンさん、これは宗哉の焼きもちなんだよ。沙央ちゃんをよその奴に取られるのが嫌で、それなら自分ががってがんばったんだ。切ない男心だよ」

「んなわけないでしょうが」

宗哉は、かなり本気で否定した。

「違うの……？」

深々とうなずく。

「じ、じゃあ響木君。あなたは本気で仲間を出し抜いて、合コン女王にオレはなるって思ったの？　それは女子の世界じゃ人倫にもとる行為と言われているのよ？」

「女子の倫理に反しようが、俺は仲間を裏切るような真似はできませんでしたから！」

「え？」

真面目に反論することかと思うと、頭が痛くなってきた。

宗哉はピッチャーに入っていた水をコップに注いで飲み干し、息を吐きだした。

「仲間？　仲間って……？　え、この場合は……？」

「相手の集応大の連中ですよ。俺は男ですから、女子側に地雷が混じってるのがわかってて、見て見ぬ振りとか無理でした」

せめて危険な毒牙にかかる前に、彼らの意識をこちらへ向けさせようと思って、何が悪いのか。

「先輩たちは、インカレサークルとか入ってたりしますか？」

二人とも、首を横に振った。確かに興味は薄そうな気はした。

「俺が通っている栄拓大と、小田島の睦学院女子は、キャンパスも近いんで提携してるサークルがけっこうあるんですよ。合唱とか演劇サークルとか、男だけ女だけだと具合が悪いことも多いじゃないですか」

「あとはまあ、純粋に出会いの場？」

顕正が言った。宗哉はそれも肯定した。

もちろんそこで求められるのは、もめ事を起こさず節度を守ることだ。カレンが言うような、人倫にもとる行為をしてはいけない。男女ともにだ。

「今回、小田島の友達が連れてきた林なせとかいう女なんですが。あの人、テニスに混声合唱に社交ダンスって、栄拓にある三つの共同サークル渡り歩いて、全部内部崩壊させてるんですよ」

「うわ……」

「有名なサークルクラッシャーなんです」

見た目は確かに可愛らしい。でも、中身は取り扱い注意。そういう噂は、宗哉の周りからも漏れ聞こえていた。クラブ棟の前でつかみ合いの喧嘩をする男二人を、林なせとおぼしき人間が泣きながら止める現場は、宗哉自身も遠目ながらに目撃していた。

色恋が絡むとこれだからと思いつつ、できるかぎり距離を取ってここまできた。なのに、その地雷原の女が合コンの参加者として目の前に出てきた衝撃たるや、どういう因果の巡り合わせかと思ったものだ。

「本人は合コン久しぶりとか言ってましたけど、当然でしょう。少なくとも栄拓じゃ、出禁に近い扱いになってるはずですよ」

「な、なるほどね……」

「だから被害者を増やしたくなかったと……」

「そうです」

宗哉はうなずき、大皿から肉団子を取り分けた。

結果として沙央とその友人には泣かれたかもしれないが、こちらの全力の演技で、初対面の罪なき男子学生が少しでも救われたと思えば、誰に礼を言われなくても宗哉は満足だった。

カレンが作った中華風の肉団子は、一口食べるとぴりりと生姜がきいて、中に粗く刻んだ蓮根が入っていた。ケチャップ仕立ての甘酢あんの味も、案外繊細で悪くない。

（こういうのも、今度作ってみるかな）

とかく豪快なイメージが先行する先輩の料理だが、これはこれで需要があるものなのだ――。

「浜木綿先輩……この肉団子、ちょっと貰っていってもいいですか?」

「いいわよ。気に入った?」

「小田島に持ってってやろうと思います。あいつ、熱出しても食欲落ちないらしいんで」

きっと今頃、一人で腹をすかしているに違いなかった。

「だったら響木君。他のものも、一緒に持っていってさしあげて」

福子にも言われて、パーティーの料理が手早くまとめられた。

宗哉はそれらを載せたトレイを持って、沙央がいる二階へ向かおうとした。

「でもさあ宗哉」

ラウンジを出る時、テーブルの顕正が声をかけてきた。

いつも思うが、この人は全身で力が入っている箇所がどこにもない。

「仮に宗哉のしたことが『対・林なさせシフト』だったって言うなら、沙央ちゃんのこと気に入って仲良くしてた奴まで、奪いに行く必要あったのかな?」

のほほんとした雰囲気を漂わせつつ、こちらに何を言わせたいかが見え見えだった。

わざわざ乗ってやる義理はないので、宗哉は笑顔を作った。

「手加減して目標達成できるなんて、そんな甘い話あるわけないじゃないですか。俺、不器用なんですよ」

ラウンジを出ていく。しばらくして、参加者一同の和やかな笑い声が聞こえてきた。勝手にしてくれと思った。

二階の『5』号室、百合の装飾が入ったドアプレートの下をノックして、返事がないのでそのまま入ることにした。

「小田島、入るぞ——」

常夜灯の明かりだけついた、薄ぼんやりとオレンジ色に染まる部屋の、ベッドの上に沙央はいた。正確に言うなら『沙央らしきもの』だ。相変わらず蓑虫のように、頭から布団をかぶって丸まっている。息苦しくないのだろうか。

こちらが近づくと、ほんの少しだけ蓑から顔が出てきた。目はほとんど開いていない状態で、長時間寝倒している弊害か、瞼がむくんでひどい顔になっている。

ここまで素直にステータス回復に全振りできる姿勢は、生き物としては正しいようにも思えた。きっと回復も人一倍早いだろう。

「……ソーヤ君？」

「下の料理、持ってきてやったぞ。食べられそうなら食べとけよ」

「ああ……ありがとう。神だあ……」

さっきは敵とか言ってなかったか、確か。

「ゆっくりよく嚙んで、焦ってがっつくのは禁止な。食べたら絶対薬は飲めよ。着替えたいなら、浜木綿先輩か福子さんに頼んでやるから」

「なんかさあ、本当にナースっぽいよソーヤ君」

笑いをこらえるように言われ、宗哉はやや気色ばんだ。

——残念。その称号は、『ナツミ』に贈られるものである。

宗哉は料理が載ったトレイをベッドの近くに置き、ついでに電気をつけてやって部屋を出た。

あらためて一階に下りていく途中、服のポケットに入れていたスマホを見た。


『話し合いたいの』


LINEがブロックされたものだから、ショートメールできたか。

通知とメッセージを見た瞬間、自分の喉を、冷たい氷の塊が無理矢理押し通っていくような不快感を覚えた。

なんでもかんでも色恋に結びつける連中は、リスクというものがわかっていないのだと思う。あの脳内麻薬は人を変えるし、下手を打つとこういう、プライドのない文面で許しを請うはめになるのだ。

俺は絶対にこうはならない。なってやるものか。

宗哉は最後通牒のつもりで、しつこい相手へ返信を打ちこんだ。
おととい来やがれを、よりマイルドに。
『冗談じゃない。恥知らず』
むろんそのまま送信した。

三品目　蕎麦寿司と最後のレッスン

八月のお盆前、沙央はつばめ館のカレンの部屋で、料理を教わった。

「それじゃ、始めましょうか沙央ちゃん」

「はい、よろしくお願いします。師匠！」

お互いエプロンを付け、キッチンの作業台に材料をそろえ、作るものは夏の最中に『ビーフシチュー』であった。

（ふっふっふ。あなたの手は借りなくてよ、ソーヤ君）

宗哉にボロカスのクソミソに言われずとも、料理を身につける道はあるのだ。

お隣の『4』号室に住む浜木綿カレンは、親切で頼れるお姉様である。沙央がポットラック向けのご飯が作れるようになりたいと言ったら、こうして講習会を開いてくれたのだ。

夏にシチューは暑いかもとも思ったが、何事も季節の先取りは大事だろう。

「まずね、お野菜を切り分けるの。ジャガイモと人参と玉ネギは皮をむいて、それぞれ一口サイズに切る。ジャガイモは芽を取るのを忘れずにね」

「ふんふん」

素人丸出しの沙央の横につき、食材の切り方から教えてくれた。本当にいい人だ。

「お鍋にバターを熱して、今さっき塩コショウをした牛もも肉を焼きます」

「こ、こんな感じですか！」

「そうそう、その調子で。それで皮をむいた人参と玉ネギを入れて、炒めていくわけ」

じゅうじゅうという音に、木べらを動かす手応えに、自分、今ちゃんと料理をしているという実感があった。うっかりすると鍋から人参や玉ネギのかけらが飛んでいったりするが、がんばって続けた。

「玉ネギがしんなりしてきたら、赤ワインとお水を鍋いっぱいに入れて、沸騰したところで灰汁を取って煮込むの。だいたい一時間半かな」

「ほほう、一時間半……」

なるほど気が長い。

「どうする、沙央ちゃん。煮えるまで何してようか。映画でも観る？　今うちにあるやつだけだけど」

「えっ、いいんですか？」

カレンの部屋は、沙央と同じ間取りでもカーテンなどがシックな色使いで、テレビと一緒に扉付きの本棚が壁を埋めていて、なんとなくインテリジェンスな香りがすると思ったものだ。

そんな彼女は無造作に、観音開きの本棚の扉を開けた。

本棚の中は、禍々しく真っ黒いパッケージのブルーレイディスクで一杯だった。

「うっ、どす黒っ」

「どれがいい？　お薦めは『ランド・オブ・ザ・デッド』に『インド・オブ・ザ・デッド』に『ラン・オブ・ザ・デッド』――」

「すいませんシリーズものですか？」

「ううん全部別」

微笑まれた。別だが全部ゾンビらしい。怪談マニアは洋物もいけるらしい。

怖いものは勘弁してほしいとお願いしたら、カレンは急に頭を悩ませ始めた。

最終的に「こ、これで……」ともじもじ差し出してきたのは、ゾンビ棚の奥に隠すように置いてあった『映画・刀剣乱舞』だった。

「え、なんでそんな可愛くなっちゃうんですか。恥じらいですか」

「複雑なのよ色々っ」

　そんなカレンと一緒に刀剣男士のチャンバラ活劇を鑑賞し、終わればシチュー作りを再開した。

「ここまで煮れば、お肉はだいぶ柔らかくなってるから、今度は煮崩れしやすいジャガイモを入れて、ケチャップとドミグラスソースの缶詰で味をつけて、お芋に串が刺せるぐらいまで火を通せばできあがりよ」

「あと一歩！　あと一歩！」

　己とシチュー鍋を鼓舞してみる。

　皮をむいたジャガイモを鍋に入れ、缶詰の蓋を開けて中身を注ぎ、ケチャップの計量も自分でやった。

　二十分ほどでジャガイモに火が通り、味を見たカレンのＯＫも出た。

　実際に試食してみたら、涙が出るほどおいしかった。

「沙央ちゃん、泣かないで」

「……うまっ。めちゃくちゃシチューしてます先輩！　感動です！」

「最後は缶詰に助けてもらうけど、味はけっこう本格的でしょ?」

　沙央は口に牛肉を入れたまま、何度も顔を上下させた。

　固いはずのもも肉は本当に柔らかく、野菜と肉の旨みが赤ワインと溶け合ってぎゅっと濃縮されている。こういうのを『コクがある』というのだろう。

「私は帰省するから、今月のポットラックは出られないけど、沙央ちゃんはもう大丈夫ね？」

「はい。ありがとうございますカレン師匠！」

このビーフシチューのレシピがあれば、誰に後ろ指をさされることなく、堂々と参加することができるだろう。

（見ろ、響木宗哉！　わたしだって、ルーを使わない玄人シチューが作れるんだぞ！）

当日にお披露目して、びっくりさせてやろうと思ったのである。

＊＊＊

――そして今、小田島沙央は二階『5』号室のキッチンで、キツネにつままれたような気分を味わっている。

（……おかしい。なんでこんなに水が減ってるの……）

鍋の中身の話である。

貰ったレシピ通りに材料を切って、鍋の中で炒めて、料理用赤ワインを入れて、水を入れて沸騰したら、表面に出てきた『あわあわ』――灰汁というものらしい――をすくい取って、一時間半放置。全て言われた通りにして火元を離れ、部屋に映画のブルーレイディスクはなかったので、見逃し配信のドラマを二本ほど観て、戻ってきたら鍋の水がほとんどなくなっていた。

（why?）

牛肉と人参の半分以上が水面から出ていて、乾期のオアシスもかくやという感じである。確かカレンと一緒に作った時は、なみなみとした水量をたたえた、雨期のオアシスであった記憶がある。なぜ季節がこんなにも違ってしまったのだ。

「どうして。カレン先輩のレシピ通りにちゃんと作ったよね……？」

沙央は慌てて、カレンが餞別（せんべつ）にまとめてくれた手書きのレシピメモを読み直す。

そう。この通り手順に間違いはない――。

「ああ、蓋だ！」

電撃のように思い至った。

ここには書いていないが、カレンの時は鍋に蓋をして現場を離れていた。それで水分の蒸発が抑えられていたのだろう。

沙央は蓋をしないでここまできてしまったので、一時間半の間に雨季が乾季になってしまったのだ。おまけによくよく読んだら、途中で中火を弱火にしろと指示があったのを見逃していた。ファッキン。

「……どうしよう。お、お水足す？」

いや、この場合は赤ワインか？　それとも両方？

自分に経験がないと、こういう時にどうやってリカバリーさせていいのかわからない。よく言うではないか、へたに素人が余計なことをやって、余計に失敗するパターン。勝手な判断が身を滅ぼすのだ。

（ああ、なんで帰省しちゃってますかー、カレン先輩！）

沙央は壁の向こうを悲痛な思いで見た。

こういう時に指示を仰（あお）ぐべきお隣のカレンは、先日からご実家の福岡に帰省中だった。

「……とにかくジャガイモは皮むいちゃってるし、ここからなんとしても煮ないといけないから……」

落ち着いて考えよう。ここまで基本に忠実とはいかなかったから、こんなことになってしまっているのである。ならばせめて、今からでもレシピの指示を守ろう。

（つまり、こうだ！）

沙央は余計な水もワインも足さず、皮をむいたジャガイモを入れ、ドミグラスソースの缶詰を入れ、ケチャップも計量スプーンできちんと計って投入し、「えいや」と気合いの声とともに蓋をした。

それで、しばらく煮えるのを待ってみたが——。

「——いやいやいやいやいや、臭いよね？　焦げ臭いよね？」

なんだかものすごい炭の香りがしてきたので、沙央は慌てて蓋を開けた。鍋の中は、チリチリに焼け焦げていた。

見た目以上に、解放された臭気で警報装置が鳴りそうな勢いだったので、換気扇を回す以外にも窓を全開にしに走った。

「ぷわっ、換気！　換気！」

しばらく窓辺で風にあたり、深呼吸でダメージを回復する。

もう一度キッチンに戻ってきて、あらためて鍋の状態を確認した。

とりあえず、蓋をする前は多少なりともあったわずかな水分が蒸発し、ドミグラスソースと肉が焦げ付き、なおジャガイモは半生という、どうしようもない状態であることはわかった。暗黒物質を作ってしまったのだ。

これは——さすがに食べられないわ。

知識ゼロの素人でもあがく気になれない失敗っぷりに、潔く負けを認める気にもなれた。

何せお玉で剝(は)がそうとしても、炭化した肉が鍋底から剝がれないのである。

鍋ごとシンクの中に入れ、じゃあじゃあ水道の水を流し込みながら思った。これは失敗したとして、この先どうしよう。

今月のポットラック・パーティーまで、あと二時間ほどしかない。

今から無理して作り直そうにも、まずシチューが作れる鍋がご覧の有様である。

「ふっ」

シニカルな笑いの一つも漏れた。浜木綿カレンの教えを受け、意気揚々(いきようよう)と作り始めて、結果がこれか。本当にセンスないなおまえ。

(ソーヤ君に馬鹿にされるのが、目に浮かぶわ……)

しかし、今さら紙皿枠(わく)に戻るなど、彼が許さないだろう。

となると、残された道はたった一つだった。沙央は鍋に水を張り終えると、悲しい気持ちで部屋を出た。

大家の福子(ふくこ)は、ちょうど一階の廊下(ろうか)にいた。

今夜のパーティーで、ラウンジに飾る庭の花を持ってきたようだ。背の高い花器に、同じく背の高いグラジオラスが数本活(い)けてある。赤い花びらが華やかだ。

「あら、小田島さん。お買い物?」

屈託なく微笑む福子を前にしたら、無性に泣けてきてしまった。

「……うー、福子さんごめんなさい」

「あらあら、嫌だ。どうなさったの」

「わたし、今日のポットラック欠席します……！　理由は――理由はシチューがうまくできなかったからです！」

本当に馬鹿すぎる。自分で自分が嫌になる。

「まあシチューが？」

「真っ黒なんですよ、もうー」

福子の前でめそめそ弱音を吐いていたら、背後から「えー」と抗議の声がした。

「ちょっと待ってよ。そんな悲しいこと言わないでよ沙央ちゃん」

振り返れば、ヴィンテージ風のアロハシャツにサングラス、そして白のハーフパンツ姿の堀下顕正が、今まさに玄関ホールに到着したところだった。

頭に中折れのストローハットをかぶり、キャスター付きのスーツケースを転がし土産物の紙袋まで提げているので、ハワイの海で泳いできましたかと聞きたくなる。

「顕正先輩、確か京都に帰省してたはずじゃ……」

「そうだよ。お盆シーズンの寺なんてクリスマスのケーキ屋より忙しいから、適当に切り上げてきたよ」

ちょっと待て、この人は寺の息子なのか。こんなにキラキラした坊主(ぼうず)とかありなのか。

「そんなことより沙央ちゃん。ポットラック欠席するとか本当？　だめだよそんなの。持ち寄れるものがないって言うなら、僕のこれ使いなよ。『赤尾屋(あかおや)』の京漬物セット」

そう言って、持っていた土産物屋の紙袋を差し出してくれるのである。

親切すぎて、さきほどとは別の意味で涙が出そうだった。

「ありがたいですけど……わたしがこれ受け取っちゃって、顕正先輩がポットラックに出る用のものはあるんですか？」

「ああ、大丈夫。僕はもともといらないから」

「え？」

思わず聞き返す沙央に、顕正は芸能人しか使いそうにないサングラスを外して言った。

「聞いてない？　今回は僕、『謎枠(なぞわく)』で参加するの」

八月のポットラック・パーティーは、お盆の送り火の時期に開催された。

日が落ちたラウンジの窓辺を、凛(りん)とつややかなグラジオラスが彩り、大きな丸テーブルの上には参加者の持ち寄り料理が並ぶ。

「小田島さんは、京のお漬物を持ってきてくださったのね」

「はい。両親が京都旅行に行って、そのお土産を送ってきてくれたんです」

笑顔で語る声が、我ながら白々しくてうさんくさいなと思った。

しかしこうして福子まで口裏合わせに協力してくれているのだから、今さら違いますと言うわけにもいかない。

藍色の大皿に、楊枝を添えて盛り付けた顕正の漬物は、カラフルかつ涼やかだ。赤じそ色の柴漬け、マスタードカラーの辛子漬け、清楚な白の青じそ大根、浅漬けキュウリのグリーンと、老舗の逸品に感心してしまう。実際食べたら、これがまたほどよい塩気で憎い味なのだ。

「……堀下さんの実家って、確か京都」

「うっ」

「へー、京都旅行。ご両親が。そう」

やばいやばいやばいやばい、ばれてるばれてるばれてる。

斜め向かいに座る響木宗哉が、聞こえよがしに呟いている。沙央の毛穴という毛穴から、汗が出る。

「つ、作る努力自体はしたんだよ……ほんとに……うそじゃなく……しんじて……」

「堀下さんの甘さに感謝だな」

「そ、そうだね。優しいよね……」

なんなら二階のシンクで焦げをふやかしている、失敗鍋を見てもらってもいい。

睨まれた上に舌打ちされたが、それ以上の追及はなかった。今回はこれで手打ちのようでほっとした。

ちなみに宗哉はまたも重箱に、蕎麦と具を海苔で巻いた蕎麦寿司なるものを提供してくれていた。『これぐらい、普通ですが何か』といった感じで涼しい顔をしている。確かに文句のつけようがないものだ。

福子はサーモンとアスパラが入った、一口サイズのキッシュを沢山。恐らく『肉枠』名代である沙央の、ビーフシチューにかぶらないよう配慮してくれていたのだろう。現実は顕正のお情けで、京の漬物に化けてしまったわけだが。

その顕正は、今回『謎枠』でゲストまで連れてきた。

（……こちらがまた、凄そうな感じの人なんだよね……）

さっきから沙央は下世話に傾きそうな好奇心をおさえきれず、顕正の隣にいる人をちらちらと見てしまうのだ。

その女性は首がほっそりと長くて色白の、白鳥のような雰囲気の人だった。紺のシンプルなアンサンブルを着て、耳元でカールするショートヘアに、雫型のパールイヤリングがよく似合っている。アクセサリーはそれだけで、どちらの手にも、指輪はしていない。

客観的に見て美しい造作の女性だと思うが、年は四十代後半から五十代――顕正の母親世代の人だろう。

「そろそろちゃんと紹介していい？　僕のマダム・ジーナ」

ぶっ。

沙央は噴きそうになり、慌てて横を向いて口を押さえた。

（本気？　本気なの？）

『紅の豚』に出てくる、あらゆる飛行艇乗りが恋する美女のことだ。似ていないと言う気はないが、真顔で言うかと思った。

実際その女性も、弱りきった顔になっている。

「堀下君、そういうのはやめてって言ったはずよね……」

「この人はね、拝島澪子さん。フルート奏者で、僕が通ってるお教室の先生」

「というか堀下さん、フルートなんてやってたんですか」

初耳だとばかりに宗哉が聞くと、顕正は「始めてまだ三ヶ月なんだけどね」と朗らかに答えた。

「なんか急にさ、楽器が弾けるようになりたくなったんだよ。話のネタにもなると思ったし。それで大学近くの楽器屋で音楽スクールやってるの知って、試しに冷やかしに行ってみたんだ。最初はチェロかバイオリンにするつもりだったんだけど、防音室から出てきた先生見た時、『これだー』ってフルートに決定」

なんといういい加減さ。軽薄というか、適当というか。沙央は呆れた。

「スクールの方はもう定員いっぱいだって言うから、先生が自宅でやってるお教室に、直接申し込んじゃった。こっちの方が近所だったし、先生に個人レッスンして貰えるから、結果オーライだったんだよね」

「もちろん他の生徒さんと、指導に差はつけていませんから」

「言わなくてもわかってるよ、先生」

どこまでわかっているのか、怪しい感じだった。彼の髪型なみにふわふわしている。

「今回先生がさ、この謎が解けたらデートしてくれるって言うから、みんなも協力してくれない？」

「言っていません一言も。もう帰りますよ」

「そんなこと言わないでよ。ずっと悩んでたんでしょう？」

「いったい——何をお悩みなんですの？」

ホスト役の福子が、おっとりと澪子に訊ねた。

謎の存在を喜ぶ無邪気さと、その人を心配する情の厚さは、福子を見ていれば両立するのだと思うのだ。

「わたくしたちでよろしければ、お話をうかがいましてよ」

「……本当に、大した話ではないんですよ。堀下君だけじゃなくて、機会があれば誰にでも聞いていることなんです。この文章の意味がわかるかって」

拝島澪子はそう言って、ためらいがちに持参したクラッチバッグを開けた。

長財布の中から畳んだメモらしきものを取り出し、丸テーブルの上に置く。

近くにいた人は顔を寄せ、遠くの人は立ち上がる。

沙央はお重の蕎麦寿司を取り皿に移しつつ、澪子の背後へ移動した。

（えーっと、なになに……）

『アテナの土地より半島を臨んで。

いい加減でおおらかなスタッフに囲まれて、私は忍耐と歴史を学んだ。

高慢な君の魂で、どうか私を読み解いてほしい』

そんな文章の後に、少し空けて謎のアルファベットが書きつけてある。

『cBSPgufAleL8hDrIcT!』

――なんだろう、Wi-Fiのパスワードか何かか?

「何かのパスみたいですね……」

宗哉は、沙央と似たような感想を持ったらしい。真剣にメモの文面を見つめている。

「宝の箱が開けばいいと思いますけど、私が思い当たるところで、こういうパスコードを要求されるものはなかったんです。第一にこれ、夫からの手紙なんです。亡くなる前に書いたものらしくて」

いわく、彼女は数年前に、旦那(だんな)さんと死別しているらしい。

どうりで左手の薬指あたりが、すっきりしていたわけだと思った。

「こんなことを言うと、がっかりされるかもしれませんが……あまりいい夫婦とは言えなかったんです。音の趣味が一致して結婚したはいいですけど、一緒に暮らしていた時期はほとんどなくて」

澪子はどこか自嘲気味に笑った。

「向こうは海外の拠点を転々とする商社勤務で、私は演奏活動もやりつつレッスンもして……だんだんステージに行き詰まって教える方に軸足を置くようになったら、余計です。私は日本から出られなかった」

長い別居生活はすれ違いを生み、喧嘩も絶えなかったそうだ。

沙央は話を聞きながら、宗哉が作った蕎麦寿司を立ち食いすることも忘れない。

（うん、思った通りすごいおいしいけどさ……それにしてもこれ、どうやって作ってるんだろ。巻いたお蕎麦の方向が全部綺麗にそろってて、一本もほつれてないのは何故……）

一般的な酢飯のかわりに、茹でた蕎麦をみっしり巻くのが蕎麦寿司の特徴らしい。中心の具に甘く煮染めたお揚げが入っているので、これが通常の蕎麦で言うめんつゆ的役割を果たして非常に美味である。醬油をわざわざ付けなくていいのは、パーティー料理的にも優秀だ。しかし製造過程がまったくわからない。

ここにも謎があるぞと言いたいところだが、そんなことを聞けるような雰囲気ではなかった。

「海外にいる夫とは、距離があるぶんメールや電話で何度も話し合いました。それでも最後は必ず、私が教室を閉める閉めないの話になってしまって。もうどうしようなくて行き詰まっていた頃……彼が事故に遭ったと聞いて」

「まあ、現地で？」

「はい。セスナ機の墜落事故です」

「お気の毒に……」

福子が顔を曇らせる。

「それで夫が長期滞在していたホテルに、荷物を引き取りに行ったんです。時間がたっていましたから、私物は全てまとめたものが、フロントから出てきました。その中に、投函前の郵便物があったんです」

宛名は、日本にいる妻——澪子にだったというわけか。

「めったに手紙なんて書かない人が、何を思ってこんなものを出そうとしていたのか、気になるじゃないですか」

「無理もありませんわ」

沙央も同感だった。蕎麦寿司の作り方も気になるが、こちらも大事だ。

「そういうわけでさ、我らがつばめ館の皆さんのお知恵を拝借したいんだよ。特に宗哉とか、なんか気づくことない？」

顕正に指名され、宗哉はいっそう難しい顔つきになった。

「そう言われても……これが何かのパスじゃないなら、これ自体が暗号文で、解読が必要ってことですよね」

「たぶんね。僕も拝島先生にこれ見せてもらった時に、色々やってはみたんだよ。わざわざ数学科の知り合いに、相談までしてさ」

「どうでしたか？」

「全然ダメ。センスない奴がいくら頭絞（しぼ）っても意味ないね」

それはさりげなく沙央の料理下手（へた）が直らないとも言われているようで、悲しいものがあった。

「――なあ小田島」

いきなり名前を呼ばれ、ぎくりとする。

「もしぱっと見てでたらめな、こういうアルファベットの羅列（られつ）だけを渡されて、これが暗号文ですって言われたら、どうやって解読する？」

「えっ、わたし？　いや、むりむり。無理だよ。エスパーじゃないんだから」

謎の蕎麦寿司と一緒に食べている、この『赤尾屋』の青じそ大根を賭（か）けてもいい。めっちゃうまいですよこれ。

「まあ、まずそう思うよな。それが換字式か、転置式か、どれでもないかだけでも知りたいところだ」

「かえ?」

「オーソドックスな、暗号化のパターンだよ。たとえばアルファベットのABCを、三つずらしてDEFと読んだり、数字に置き換えて123と読んだりするのが、換字式暗号方式。アルファベットを○文字ずらす奴は、偉人のシーザーが使ってたから、シーザー暗号とか言われてる。ずらす数を解読の鍵として使うから、シフト暗号とも呼ばれてるな」

「……じゃ、転置式っていうのは?」

「文字はそのままで、規則に従って文字を並べ替える」

「あっ、あれ? アナグラムとか?」

「それもある。逆順に読んだり、縦読みしたりな。『近藤レオ』を『俺うどん粉』と書くのも、転置式暗号方式を使った一例だ」

　全国の近藤さんに謝れと思った。

　しかしなんとなくだが、宗哉の言いたいことはわかった。わかったが——。

「というかソーヤ君、なんでそんな色々知ってるの? 蕎麦寿司といいおかしくない?」

「そこで蕎麦寿司を出してくる小田島がおかしいだろ。蕎麦寿司の何がいけないんだよ」

「悪くないよおいしかったし」

「……中学の時の社会科教師が、やったら色々脱線する人だったんだよ」

「そこで蕎麦寿司を」

「いやそっちは俺の独学だが」

　主に暗号などの、雑学全般についてらしい。

「ソ連のスパイ暗号とか、エニグマ誕生の由来とか、おかげで本題の授業がぜんぜん進みゃしない」

「ふーん……ならさ、そういう暗号を、ヒントの鍵なしで解読するにはどうしたらいいの？　教えて」

「少しは考えろよ」

　宗哉は顔をしかめたが、ここは説教や言い争いをする場ではないと悟ったようだ。その通りである。

「……最初のとっかかりとしては、並んでいる文字をよく見ろって言うけどな。もともとの文がちゃんとした英語で、かつ並べ替えの転置式なら、英語に一番出てくるE、T、A、O、N、R、I、Sあたりの字が頻出してるはずだろ。逆にめったに使われないZとかQがやたら沢山出てきたら、それは並べ替えじゃなくて、別の文字に置き換えられた換字式暗号で、EかTあたりの可能性が高いとか」

「へええ、意外と絞れるもんだねえ」

　正直、天地がひっくり返っても無理だと思っていたのだが。突破口はあるようだ。

「英語じゃなくても、文字の使用頻度を表した度数表があれば、日本語や中国語でも同じことはできるんだと。その言葉自体が読めなくてもだ」

「え。すごっ。ほんとすごっ」

「なあ宗哉ー。そうやって沙央ちゃんに褒めてもらうのはいいけど、そのやり方で実際解けるの？　拝島先生の暗号文」

　顕正はテーブルに頬杖をつき、澪子のメモを人差し指でくるくると回していた。

　口元だけで笑う顕正に対し、宗哉のしかめっ面がより険しくなる。

「……確かに俺が言ったのは、理想論みたいなものですよ」

「だよね。頻度分析で暗号破りができるのは、一文字に対して単一の変化しかしない場合だけだ。転置式に換字式を組み合わせただけでも、アルゴリズムを知る難易度は上がる」

「単なる暗号じゃなくて、コードまで使われていたらまず解けない」

「そうなんだよ。僕も、数学科の友達にそう言われちゃったんだよ」

「あのー……すいません。コードとは……？　延長コード……？」

二人だけでわかり合った会話をされたので、沙央は控えめに割って入って聞いてみた。

「コードってのは、ようするに符号のことだよ沙央ちゃん」

顕正に言い直してもらっても、いまいちピンと来なかった。

「つまりだ、小田島。今まで俺たちが話してたのは、厳密に言えば文字単位で文を読めなくする『暗号（サイファー）』についてであって、『符号（コード）』じゃない。符号の場合はフレーズに対応する別のフレーズを当てはめたり、文字や数字以外の記号に置き換えたりすることを言うんだ」

「たとえばほら、古い映画観てるとモールス信号って出てくるだろ？　送りたい文句を、トン・ツー・トン・ツーって音の間隔（かんかく）で表現して発信するの」

「ああ、なんとなく……」

「あれも符号語（コードワード）の一種だと思っていいよ」

あんな単純な仕組みで意思疎通（そつう）ができるというのも不思議なものだが、ちゃんとアルファベットごとに違いがあって、みな把握してやりとりしていたというのだからすごいと思う。

「ここで一つ、俺たちにしかわからない符号語を作ってみよう」

「お、ちょっとかっこいい」

「まず『事故発生』を『小田島沙央』、『死者はなし』を『カレー』、『新宿』を『おかわり』と表すと決めておくだろう。それでいざ新宿で救難信号を出すとなったら、そのままは書かずに符号語で『小田島沙央　カレー　おかわり』と書き記す。これだけでもう、盗まれても小田島が食い過ぎとしか読めない。秘匿性が格段に上がる」

「もうちょっといい例ないの、ソーヤ君……わかったけど……」

トン・ツーのモールス信号を何の字に当てはめるか、新宿をなんと表現するかなどのルールを定めた『コードブック』をお互いに持ち、それによって両者にしか通じない、秘密のやり取りをするのだ。

「これは平文だけ見ても規則性はわからないし、アルファベットを○文字ずらすシーザー暗号みたいに、二十六回試せばどれかは当たる的な総当たりもできない。読み解くための『コードブック』を手に入れないと、第三者には解読できないんだ、絶対に」

淡々とした喋りながらも、絶対という言葉が妙に重く響いて、沙央は思わず唾をのみこんだ。

宗哉はあらためて、本日の『謎枠』ゲストに訊ねた。

「拝島先生。これが本当に解読可能な作りをしているなら、先生と旦那さんにしかわからない、暗号を解く『鍵』か、符号の意味を記した『コードブック』的なものが存在すると思うんです。何か心当たりはないですか？」

聞かれた澪子は、これまで通りどこか物憂げな表情のまま、考え込むように目を伏せた。長い睫毛が、年齢を重ねた白い肌に影を作る。

「……私は、これ読んだ時にまず思ったんです。うちの人が手紙で言う、『高慢な君の魂』がなんなのかって。それはつまり、私にとっての音楽のことで、音楽が謎を解き明かしてくれるんじゃないかって思ったんです」

澪子は「堀下君、ちょっといい？」と断りを入れ、彼が持っていたメモを手元へ寄せた。ほっそりとした指が、アルファベットの羅列である『cBSPgufAleL8hDrIcT!』の部分をなぞる。

「音名をアルファベットで表記できるのは、英語表記の『ABCDEFG』に、ドイツ語表記の『H』を加えた八文字です。それにシェーンベルクの十二音技法に当てはめれば、数字も音にできます。だから音にできるものだけを拾い上げれば、『cBgfAe8hDc』になるんです」

「わー……文字を音にあてはめて解読するって、これもコードですね！」

「そうなるみたいね。私みたいな人間だとどうしても、和音の方のコードを想像してしまうんだけど」

澪子は静かに笑んだ。夫婦で共有する音楽の知識が、この場合のコードブックだ。素敵ではないか。

「これ、実際に音を出したらどんな感じになるんですか?」

「知りたい? じゃあ堀下君、ちょっと吹いてみてくれる?」

「ええっ、僕がですか!」

いきなり話を振られ、顕正が珍しく素っ頓狂な声を出した。

「ちゃんと自分の楽器を持っているでしょう?」

「……そうなんですけどね。参ったな、ヘタクソなんだけど……」

ぼやきながらラウンジを出ていき、しばらくして二階の自分の部屋から、細長い楽器ケースを持って戻ってきた。

黒のハードケースを開けると、その中に頭部管と本管に分かれたフルートが収まっていた。組み立てている間もぴかぴか光って、まだ新品そのもののようだ。

「はい、構えて」

「承知しました、先生」

「ほら、また手首が曲がってる。楽器を三点で支えることを意識して」

完全に教師と教え子のやり取りだ。

「顕正先輩、ファイトです」

沙央が声援を送ると、顕正が立ってフルートを構えたまま片目をつぶった。実際そうやってポジションが固まると、様になるのだこれが。場所が洋館のラウンジということもあり、アロハシャツなのに貴人のサロンに見える。

「今から言う通りに吹いてね。『c』だから『ド』の音」

顕正がフルートに息を吹き込み、出だしが少しだけ震えた、しかしやわらかな音色が室内に響いた。

生のフルートの音を、こんなに間近で聴いたのは初めてかもしれない。豊かで繊細な笛の音だ。

「次、『B』で『シ』」

前より一気に高く。

「『g』で『ソ』」

今度はやや下に。

そうやって顕正は澪子の指示通りに、音階を吹き続けた。

「――最後。また『c』に戻って『ド』」

初めの音出しに比べると、音色はずいぶんと安定していた。

顕正がため息とともに、構えていた両手をおろす。

「終了。緊張したー」

「お疲れ様です！」

ぱちぱちと両手を叩いて、その労をねぎらう。

正直、沙央にはそれぐらいしかできることがなかった。

「――で、これなんて曲ですか？　そもそも曲なんですか？」

宗哉がずばり聞いていた。

（ああ、ソーヤ君たら）

そうなのだ。解読した通りに音を出してもらったはいいが、どれも同じ長さの単調な音出しで、曲名どころかいいか悪いかもさっぱりわからなかった。

これは沙央に音楽の素養がないのと、顕正がまだ始めて三ヶ月の腕前のせいに違いないと思い、ここまで発言は控えていたのだが――。

「わからないわ、私にも。曲じゃないのかも」

身も蓋（ふた）もないことを率直（そっちょく）に言われ、沙央もがっくりきそうになった。

特に、吹かされた顕正の虚脱感といったらなかった。

「先生、それは――」

「ちゃんとした音楽が聞こえてきたなら、それはきっと正解で、悩む必要なんてないでしょう？　堀下君に聞くことも、ここに来ることもない」

確かにその通りである。

澪子はテーブルの、まだ指輪痕が残る左手に、右手を重ねて目を伏せた。

「音楽で解けるかと思ったけど、どうも違うみたい。もしくはこのギクシャクした音を聴かせることこそが、あの人の言いたいことだったのかもしれない。『我々の関係』とか、そんなタイトルがつく奴よ」

「拝島先生、やめなよ」

「でもね、それじゃちょっと悲しすぎるじゃない。だから、できれば違う答えを知りたいと思っていたの。それだけなのよ——難しいことなのね」

ぽつりと呟く澪子は、ここまでノーヒントで暗号を解くことの難しさを、ずっと聞かされてきた人間だった。

沙央も何か言ってあげたくて、けれど言えない自分がもどかしくてならなかった。

けっきょくみんなであれこれ考えてはみたものの、答えらしい答えが出ないまま、時間切れでお開きとなったのだ。

（『謎枠』って、別に解決しなくてもいいんだな……）

料理を片付けたラウンジに居残りながら、沙央は今さらのように考える。

あくまでポットラック・パーティーの話題を提供する役なので、結果は特に問わないのだ。自分の時が違ったので、始まる前と終わった後でなんら進展がないというのは、初めてだった。

すっきりしないのは沙央だけではないようで、宗哉もラウンジのテーブルに居残っている。

沙央は窓辺から離れて、宗哉の斜め向かいに腰をおろした。

「まだがんばってるの？」

彼は皿の代わりにレポート用紙を広げ、時間内に出なかった正解の悪あがきをしているようだ。こちらはなんの役にもたちそうにないので、ただすごいなと思うだけだ。

「好きでやってることだから、ほっといてくれ」

「……どうなんだろうね、本当のとこ」

沙央は頬杖（ほおづえ）をつきながら、拝島先生のことを考える。

もとから答え合わせは、期待できない暗号だ。正解かどうかは彼女の納得度にかかっていて、仮に最初に考えた音名説が正解だった場合、彼女はずっともやもやを抱えて暮らすことになってしまう。

それでこの先も先生は、他人に解読を頼み続けるのだろうか。いつかもっとすっきりする解答が見つかるに違いないと。そんな日は本当に来るのだろうか。

「あー、もう。わたしまでもやもやしてきちゃったよ」

「馬鹿の考え休むに似たりになってないか」

「ちょっと」

「小田島が悩んでもしょうがないだろう」

でも答えがないのは、気持ちが悪いのだ。そして自分ではどうにもできそうにない。非常に無念である。

「――やっぱり。電気ついてるからいると思ったんだ」

振り返ると、顕正がラウンジに顔を出していた。

彼はゲストの澪子を、自宅まで送ってきたはずだった。

「宗哉はまだがんばってるのか？　あんまり根詰めるなよー」

さっきの沙央と似たようなことを言って、宗哉の頭越しにレポート用紙を覗き込もうとする。宗哉はベタに書いたところを、腕で隠した。

「……堀下さんも、今日は残念でしたね。デートできなくて」

「ふは」

この発言がよっぽどおかしかったようで、彼は笑いながらテーブルの天板に腰掛け、宗哉の頭をぐしゃぐしゃとかき回し始めた。

「やめてくださいって」

「いやね、いいんだよ別に。僕としちゃ上々の結果だと思ってるんだから」

「それ本気で言ってますか」

「うん。だって宗哉にもあれは『解けない』って、はっきり言ってもらえたわけだからね」

顕正の手を払いのけようとしていた宗哉が、その一言に固まった。

「どういう意味ですか?」

「そのまんまの意味だよ。宗哉でダメなら、僕が思いついたことなんて、ただのこじつけだって安心できるじゃないか」

「ちょっと待ってください、堀下さん!」

宗哉が声を荒らげた。

「……怒るなよ」

「怒りもしますよ。真剣に考えてると思ってたのに、出し惜しみですか」

彼は本気で腹をたてているようだった。

顕正は嘆息(たんそく)した。

「わかったよ。んじゃ、ちょっとそのペンと紙貸して」

そう言って、テーブルに腰掛けた姿勢のまま、宗哉の前に広がっていたレポート用紙の一枚を引き寄せた。

紙の上にはすでに、宗哉の字で暗号文が書いてあった。

「最初さ、拝島先生は音楽を使って謎を解こうとしたんだよね。で、音で表現できる字だけを拾って、ここまで短縮させた」

『ｃＢＳＰｇｕｆＡｌｅＬ８ｈＤｒＩｃＴ！』という暗号の一部に丸を付けていき、その下に顕正の字で『ｃＢｇｆＡｅ８ｈＤｃ』、さらに『先生案』と書いた。

「そうですよ。でも結果はグレーで、はっきりしなかった」

「音楽含めて、ゲージュツに正解なんてないとも言うしね。ただ、思ったんだよね。これ、実は逆なんじゃないのって」

「逆？」

「だって先生の旦那さんは、先生にフルート教室を閉めて、自分のところに来てもらいたがってた人だ。むしろ音楽は邪魔で憎んでた人だろう」

　宗哉が、小さく息を呑(の)んだ。

「──音を残さない」

「うん、音名で表現できる字は、拾うんじゃなくて消すんじゃないかな」

「ど、どうなりますか、それで」

　沙央も思わず先を急(せ)かしてしまった。

　顕正が、さらさらとシャープペンシルを動かす。

　暗号文は短く『ＳＰｕＬｒＩＴこ』になった。さらに『堀下案』と書く。

「まだなんだかよくわからないですけど……」

「大文字だけ読んでみてよ」

「えーっと、『Ｓ』『Ｐ』『Ｌ』『Ｉ』『Ｔ』──」

　通して発音しようとして、沙央はぎくりとした。この単語はもしかして──。

「離婚って意味だよね」

　顕正が、そのままずばりの答えを言った。

　裂く。分かれる。あるいは野球の握り方や、ボーリングのピンの位置よりは、まだその方がニュアンスは近いように思う。

　同時に夫から妻へつきつけるメッセージとしては、とても残酷(ざんこく)だと思うけれど。

沙央が顔を上げたら、彼は悲しい目をしたまま笑っていた。

「ね？　こんなの見つけちゃったら、こじつけもいいとこって思うだろ？　言わなくてよかったんだよ」

これも顕正なりの優しさなのかもしれない。

今となってはもういない夫が、自分が愛しているものを憎み、それを使って別れを伝えようとしていたと知るよりは。まだ意味のない雑音に、あらゆる意味を見いだそうとしている今の状況の方が、救いという点ではずっとましだと。

少なくとも後者なら、今後もっといい正解に会えるかもしれないと、希望を持っていられるのだから。

「……そうですね。俺もそう思います」

顕正案を食い入るように見ていた宗哉も、ついには認めた。堅物（かたぶつ）の彼でも同意見のようだ。

「――じゃ、そういうことで、今度こそお開きにしようか！」

顕正は重くなった空気を振り払うように、明るく言って手を叩いた。

だってもやもやのグレーは、黒じゃないだけまだ優しい。

「全員出たら、電気消して戸締まりしてって、福子さんに言われてるからね。さあ撤収撤収」

いきなり急かされ、慌てて席を立つ。

テーブルいっぱいに広げた筆記用具や使用済みレポート用紙も、部屋を出るために手分けして回収した。

きっと世の中にはすっきりしなくても、それが選択肢の中で一番幸せということもあるのだ。澪子には申し訳ないが、今回はたまたまその一例だったのだ。

さきほどの議論に使った紙を、手に取った。

「……それにしても顕正先輩、めちゃくちゃ字がうまいんですね」

思わず沙央は、感想を述べた。

顕正が書いた『先生案』『堀下案』などの日本語部分だけだが、整って読みやすいがなよなよはしておらず、崩し具合もこなれた感じの、大人の男性らしい字だ。ふだんふわふわした顕正が、こういう落ち着いた字を書くのは意外な気がした。さすがは寺の息子か。

「達筆って言うんですかこういうの」

「え、そう？　習字やってたからかな」

「成人男性が書く理想の字って感じですよ。他のソーヤ君の字と比べると、違いが際立っちゃってもう……」

「悪かったな」

「あ」

沙央がレポート用紙を惚れ惚れ見ていると、横から宗哉にひったくられた。

「たかだか手書きの字ぐらいで、性別だの人格だのを判断されてたまるか。馬鹿馬鹿しい──」

宗哉はぶつくさと言いながら、取り返した紙を丸めようとし、そこではたといった感じで止まった。

「ソーヤ君?」

「……いや、待てよ……」

宗哉は急に顔をあげ、顕正に訊ねた。

「すみません堀下さん。拝島先生が見せてくれた、暗号文。あれ誰が書いたものですか?もしかして、現物じゃなかった可能性はありますか?」

「どういうこと?」

「旦那さんが書いた手紙の原本は別にあって、あれはテキストだけを引き写ししたコピーみたいなものだとか」

「たぶん、そんな感じなんじゃないかな。現物持ち歩くのは怖いだろうし、前文とかいいかにも女性が書く字だったろ」

「それを先に言えよ、くそ！」

毒づかれて、顕正の鼻から眼鏡(めがね)がずり下がった。

「ああくそ。本気で俺は馬鹿だ。くそ」

「いやでも、それで何が変わるの宗哉？　拝島先生が暗号写し間違えたかもとか？」

「そうじゃないです。ただこうなると手紙と暗号文が、別々に書かれていた可能性も出てくるってことですよ」

それの何がいけないのか、残念ながら沙央にもわからなかった。

「堀下さん。もう一個だけ質問です。今から拝島先生に、連絡取れませんか。聞いてもらいたいことがあるんですが」

「わ、わかった。ちょっと待ってくれよ」

後輩の剣幕に押されるまま、顕正は自分のスマホを取り出した。

宗哉が聞きたい内容を顕正に伝え、顕正がどこぞの番号に電話をかける。

「……あ、度々(たびたび)すみません拝島先生。今ちょっとお時間いいですか。はい、さっきの手紙の件で。いくつか確認したいことがありまして――」

しばらく話し込んでいた顕正が、通話を終えて振り返った。

彼は神妙な目をしている。

「当たりだってさ」

「――やっぱり」

「明後日が僕のレッスン日だけど、二人とも一緒に来る？　そこで現物を見せてもいいってさ」

返事は、もちろん二人ともＯＫだった。

＊＊＊

拝島澪子の自宅兼フルート教室は、顕正が近所だと言っていた通り、鳩山会館近くの住宅街にあった。

現在の時刻は午後五時になる少し手前で、八月の気温はまだまだ凶悪だ。それでも黒いレザーのショルダーバッグから、楽器のハードケースを生やして飄々と歩く顕正の後ろを、宗哉とともに汗をかきかきついていった。

「ここだよ」

細い鼠坂を下りる手前の、閑静な住宅地の一角。家も外構も真っ白で統一した、機能的でモダンなお宅だった。

庭木の凌霄花(のうぜんかずら)がちょうど花盛りで、塀(へい)すら乗り越えたオレンジ色の花弁が、『拝島フルート教室』の看板を、額縁のように飾っている。

顕正が玄関のインターホンを押し、しばらくするとドアが開いた。

澪子は前回と同じパールのイヤリングに、オフホワイトのシャツと黒のカプリパンツという、涼しげな装(よそお)いだった。

「いらっしゃい。三人で来たのね」

沙央が生き返ると思ったのは、ドアの向こうから漂ってきた冷房の風だけではあるまい。

そのまま通されたのは、玄関から一番近い洋室で、十二畳(じょう)ほどの空間にグランドピアノや譜面台が置いてあった。たぶんここが防音室で、通常のレッスンもこの中で行うのだろう。

「とりあえず椅子(いす)を出して、好きなように座っていてくれる？　取る物を取ってくるから」

「わかりました」

沙央たちは言われた通り、譜面台をどかしたり、隅に畳(たた)まれていた予備のパイプ椅子を引っ張り出して並べたりした。

「さて、どんなもんなんだろうね、実際」

顕正がその椅子に腰を下ろし、防音仕様の分厚いドアに向かって呟くと、澪子が戻ってきた。

「お待たせしてごめんなさい。これが例の物なんだけど」

彼女は、蓋付きの書類ケースを持っていた。

残っていた席につくと、その場で蓋を開ける。中には、開封済みの国際封筒があった。

「言うべきだったのかしら、あれが書き写したものだったって」

「ちょっと考えればわかることでした。俺の思い込みです。うかつすぎました」

宗哉が率直に答えた。

封筒に切手は貼ってあっても、消印が押されていないのは、きっとそれが投函される前のものだったからだろう。澪子が沙央たちに、語って聞かせた通りである。

「原本は、別で保管しておきたいもんですよね」

「ええ。あと持ち歩くにはちょっと見た目が……」

澪子が言葉を濁すので、いったいなんの話かと思った。

実際に封筒を開けると、中から真っ白い二つ折りの紙が出てくる。表に『澪子へ』とだけ書いてあり、今まで見てきたメモとは、明らかに字体が違った。

内側にポストカードが一枚挟み込んであり、その表書きに例の『アテナの土地より～』

から始まる、日本語部分のメッセージが書いてある。

　さらに裏面を向けると。

（うわお）

カードの絵柄部分は、真っ青な空の下で屹立する、ブロンズ像の写真であった。

像は鋭い槍と剣帯、青銅の盾を持ち、立派な兜をかぶった勇ましい戦士の像だ。ただし
それ以外は全裸。腰布ぐらい巻いてくれと言いたくなるぐらい、筋骨隆々とした体をなん
ら隠していない銅像だった。

「これはまた……お見事なマッチョマン……」

「拝島先生、こういうのはタイプじゃない？」

　顕正に聞かれ、澪子は苦笑した。

「観光地のポストカードなんかに難癖をつけるのはあれだけど、この手のマチズモが強す
ぎるものは昔から苦手なのよ。彼も知っていると思っていたんだけど」

「ギリシャの英雄、レオニダス一世の像ですね」

　宗哉が指摘した。

「最初からこれがあったら、ヒントとしてもっとわかりやすかったですよ」

「そうなの。ごめんなさい」

「ねえソーヤ君。このマッチョで全裸な人……レオニダス一世だっけ？　その人とソーヤ君が言ってたスキュタレー暗号って、なんか関係あるの？」

「ある。レオニダス一世は、古代ギリシャの都市国家スパルタの王だ。スキュタレー暗号は、そのスパルタで使われていた転置式暗号だからな」

　確か転置式は、一定の法則に沿って文字を並び替えるパターンの暗号だ。そしてスパルタは紀元前のギリシャで栄えた都市国家のはずである。

「拝島先生、オリジナルの暗号文を見せてもらえますか」

「ええ。これを」

　澪子が封筒から取り出したのは――畳んだリボンだった。

（え、どういうこと？）

ラッピング用の資材によくある、つやつやとしたナイロン製のサテンリボンだ。色はブルー。幅は一センチほど。澪子が広げると、長さは三十センチほどにもなった。

　そして例の暗号文が、リボン自体にマジックか何かで書き込んであるのである。

「こ、こんなのに書いてあったものなんですか？」

「そう。カードのメッセージは、これで括られた状態で、封筒に入っていたの」

「そもそも暗号かもわからないですよね……」

沙央なら間違えて、リボンだけ捨てていたかもしれない。

きちんと取っておき、念のため日本語のメッセージと一緒に書き写しておいた澪子が、急に律儀な人に思えてきた。

「これでいいんだよ小田島。スキュタレー暗号は、紙じゃなくて紐を使う暗号だから」

宗哉は澪子からリボンを受け取ると、あらためて暗号文が書かれた面を表にした。

「このままじゃ、意味が全然わからないだろ？　でもこの紐を、一定の太さの棒に巻き付けていくんだ。試しに俺のを適当に使うな」

彼は自分のリュックサックから、白い棒状のモバイルバッテリーを取り出し、端から隙間なくリボンを巻き付けていった。アルファベットの文字が、一巻きごとに一桁増えていくので、まるでダイヤル錠のようだと思った。

ただし、すっきり一直線とは言えず、字は前後にずれていた。

「なんでもまず送り手は、あらかじめ決められた太さの棒に革紐やパピルスを巻き付けて、その状態で上から文章を書くんだと。それをほどいてから、隙間に適当な字を書き込む。これで暗号文の一丁上がり。読む方は事前に共有している太さの棒を出してきて、同じように巻き付けてから読む。太さが違うと字がずれて読めない。棒のサイズが暗号解読の鍵だ」

「へー、あったまいい……」

　今でもスパルタ教育という言葉で知られるかの国が栄えて滅びたのは、数千年も昔のお話のはずである。そんなに大昔から、システマチックな暗号でのやり取りが行われていたとは驚いた。

「このモバイルバッテリーは、もちろんサイズが違うから読めない」

「じゃあどうやって読めばいい？」

　顕正が訊ねた。

「ようは先生の旦那さんが暗号文を書いたものと、まったく同じサイズのものを、先生側が持ってないとダメってことだよね」

「そうなりますね」

「厳しくないか？　国内ならともかく、日本と海外なんだよ」

「ところがそうでもないと思うんですよ。こと先生の業界に限っては」

　宗哉はバッテリーを荷物にしまいこみながら、澪子に向かって聞いた。

「楽器のサイズって、確かだいたい一緒ですよね？」

　その言葉に、澪子が小さく息をのんだ。

「……ええ、そうよ。径が大きく変われば、音が変わってしまうから。モダン・フルートならベームが作ったものが規格化されて、どの製造業者も採用しているはずよ。胴部管と足部管の内径は十九ミリとか」

「それですよ」

何かが晴れたような気がした。

海を隔てた遠くにいて、同じ形のものを確実に手にする方法はあるのだ。何よりそれが、澪子が愛しているフルートなら間違いない。

ちゃんと音楽が謎を解く、鍵にもなる。

「宗哉、今ここに僕の楽器があるから、確かめてみてよ」

「ごめんなさい。それは私のものでやらせてくれる？」

慌ただしく鞄を漁りはじめた顕正に、腰を浮かせて澪子が止めに入る。彼女はレッスン室の棚にあった楽器ケースを、あらためて持ってきた。

ケースを開けると、顕正が持っていたものより、艶と輝きが増した銀色のフルートが登場した。

「組み立てた方がいい？」

「いえ、巻き付けられる部分だけでいいです。この真っ直ぐな歌口のところとか」

「気をつけてねソーヤ君。このフルート絶対高いよ……」

「気にしないで。思い切ってお願い」

澪子の声は、祈るかのようだった。

リボンをフルートの頭部管に巻き付けていきながら、皮肉屋が自嘲する。

「これで全然違ってたら、馬鹿そのものですね、俺」

その時は全員おバカでいいだろう。

全て巻き終えると、宗哉が端を手でおさえながら持ち上げる。

「……文字の列は、だいたいそろってます。この中で読めるものがあれば……」

それが正解というわけか。

沙央たちは、宗哉の周りを取り囲んだ。

「……どれ？」

「ない？　巻き方間違えた？」

「違うよ、これでいいんだよソーヤ君！」

沙央は、宗哉が今まさにひっくり返そうとした箇所を止めて指さした。

「『c』、『u』、『l』、『8』、『r』、『!』……これがメッセージ？」

「See you later.」

沙央は短縮せずに答えた。

じゃあまたねという意味の、スラングだ。

そろいも揃って、全員意外そうな顔をしているのが、沙央にとっては意外だった。

「……世界ジュニアに出た時、対戦したアメリカ人の子とアドレス交換したんですよ。よくメールの最後で、こういう書き方してました」

他にも覚えている限りでは、『what』を『wut』と書いたり、文末の挨拶（あいさつ）で『XOXO（キスハグキスハグ）』と書いたり。どれも親しみと適当さが混じった、日常の言葉だ。

沙央がアドレスを交換したそのアメリカ人の女の子は、黒人で、とても強くて明るくて、今も世界の『judo』の最前線で戦っているのを知っている。こちらは随分（ずいぶん）前に脱落してしまって、会うどころかメールのやり取りも大分前に止まったままだ。だからこそ、なんとなく思うのだ。

「こういう『またね』って言葉って、気軽に使いますよね。どっちかにトラブルがあったりして、うまくいかないこともありますけど、その時は次があるって信じてるんですよ。本気で」

「ああ、もう……」

宗哉がリボンを巻いた頭部管を澪子に返却すると、澪子はそれを両手で握って額に押しつけた。

カプリパンツの膝に涙が落ち、ついには嗚咽がこぼれた。

「どうして……どうして亡くなって……これじゃ何もわからないようなものじゃない」

「直接会って、言いたいことがあったんですよ。悪いことじゃないと思いますよ」

たとえば送ったポストカードが好みに合わないと、文句を言われるもよし。いっそ謎が解けていなくてもかまわなかったのかもしれない。

少なくともこれを書いた時の旦那さんは、日本にいる奥さんに、種明かしができない日が来るなど、思ってもみなかっただろうから。

「堀下君」

肩を震わせ嗚咽していた澪子が、顕正の名を呼んだ。

「……なに？　先生」

「ごめんなさい。私は、夫を愛しているの。いつも冗談だと思ってきたけれどね、もし万が一にもこんなおばちゃんのことを気にいってくれているなら、やっぱりあなたを教えることはできないわ。他のちゃんとした先生を紹介するから」

顕正は、パイプ椅子の上で目を細める。まるでガラスケースの宝石を慈しむように。

「大丈夫だよ。僕ね、けっこう飽きっぽいんだ。そろそろ他の物に目移りしたくなる頃だと思う」

「……まあ」

澪子が、涙に濡れながらも、困ったような笑顔を見せた。

「じゃあさ、今日が最後のレッスンってことだ。そろそろ時間だし、一回だけ一緒に演奏してくれない？　憧れてたんだよね」

顕正の提案に、澪子はうなずいた。

互いの楽器をケースから出して組み立てて、顕正は譜面台に楽譜も用意した。

沙央と宗哉は、たった二人きりだが、彼らの演奏を聴くお客さんだ。

師と弟子が、アイコンタクトをかわす。

「堀下君は、普通に今やっているメロディーを吹いて。私は伴奏で入るから」

「わかりました。それじゃあんまりうまくもないですが、聴いてください。『サウンド・オブ・ミュージック』より『エーデルワイス』」

顕正が楽器を構え、歌口に息を吹き込む。やわらかな音色が、防音のレッスン室に響いていく。

拙(つたな)いけれどひたむきな演奏の後を追うように、澪子のフルートが加わった。優しく支えて包み込むような、内側に芯が通った安定感のある音色だ。二つの音が溶け合って和音となり、高原の花を揺らす涼やかな風になる。

沙央は椅子の上で目を閉じる。

(気持ちがいいな)

いつかこのハーモニーに終わりがくるのは知っているけれど、できればいつまでもいつまでも、聴いていたい音楽だと思った。

＊＊＊

四十五分きっかりのレッスンを終え、澪子の教室を出た。

方々の家の庭木から聞こえてくるセミの鳴き声に混じって、まだ沙央の耳にはあのフルートの音色が残っている。きっと忘れられない二重奏だ。そして隣には、旋律の片方を担当した顕正の姿があった。

「うん……やっぱりね、マダム・ジーナは誰の手にも落ちないんだよ。そういうもんだよね」

「顕正先輩……」

難しい関係だと思っていながら、最後の方は応援していたのかもしれない。こうやって顔で笑って心で泣いてを体現している姿を見ていると、元気を出してと励ましたくなる。

「ドンマイですよ、先輩。きっと次がありますから」

「ほんとにね。今日は飲まなきゃやってられないや……」

彼はそう言って、楽器が入ったレッスン用のバッグからスマホを取り出すと、何やら片手で操作をしながら、道の角を曲がった。

「あれ、顕正先輩？　つばめ館はこっちじゃ……」

「沙央ちゃんの言う通り、いろいろ慰めてもらってくるよー……」

手を振り振り、茗荷谷駅がある方向へ歩いていくのだ。ちょうどこちらからの呼び出しに誰かが出たようで、途中から耳にあてながらの歩きスマホだった。いっそ、そのまま目の前の電信柱にぶつかってしまえと思った。

「……あれはオールで朝帰りコースだな」

「心配して損したっ」

わたしが流した心の涙を返せ。

「まあ今回は、しょうがないと思うしかないだろ。浜木綿先輩が戻ってくる前で良かった」

「密告っちゃおうかなあ、もう」

沙央は自分のスマホに入れた、カレンの連絡先のことを思う。きっと烈火のごとく、怒ってくれるに違いない。

「やめとけ、面倒を増やすな」

「長いものに巻かれるやつの台詞だー……」

沙央とて本当に密告する気はなかったが、カンに障ったようで睨まれた。

「いいだろ別に。目的は果たせたんだ」

「確かにね」

宗哉の言う通りである。

先生の旦那さんの暗号は、一応解けた。せめて残された拝島先生の、気持ちの整理に役立てばいいと思う。

あらためて宗哉と二人で、つばめ館に続く道を歩き出す。

「でも今回は、小田島に助けられたようなもんだな」

「え、なんで？　もしかして、最後のあれ？　あれはほんとたまたまだよ」

「実は俺が思ってるより色んなもんを見てきた奴なんだっていうのを、忘れそうになるんだよ。時々」

「……そうかなあ」

それを言うなら、宗哉。君こそ何者なのだ。女装上手で料理もできて、メモ書きからスキュタレー暗号までたどりついたのは、普通のことなのだろうか。

（なんだっけ。暗号は、中学の先生からだっけ？）

つばめ館に来て、今月末ではや五ヶ月になる。

月一ペースでポットラック・パーティーを繰り返し、『謎枠』でいくつか謎も解いてみたけれど、宗哉自身のことは案外知らないことに気がついた。

意地悪。潔癖気味。皮肉屋。だから文句が多い。それ以外のこと。

「……って、そうだったソーヤ君。すっかり忘れてたわ」

「なんだ？　何を忘れた」

「解決したら訊こうと思ってたんだよ。蕎麦寿司の作り方」

眉をひそめて身構える宗哉の前で、ようやく聞けると沙央は手を叩いた。

「……本当に斜め上にも下にも突き抜けやがって」

「だ、だめ？　だってわたし、ずっと不思議だったんだよ。なんであんなにお蕎麦が綺麗に揃って、真っ直ぐ巻けるわけ？　茹でてから一本一本ピンセットで揃え直したの？」

「そんなわけないだろうが」

「じゃ、どうやるの」

「ばらけないよう、乾麺の両端を糸でくくってから茹でるんだよ」

沙央はぽかんと口を開けた。

――その状態でぽちゃんと鍋に入れ、ぐつぐつ茹で上げ、茹で上がってから水切りし、結んだ糸の下で蕎麦を切り落とすと――。

「なるほど、ばらけないね！　真っ直ぐ揃う！」

「今度一から教えてやろうか？」

「それはいいんだけど」

「いいのかよ」

だって知りたかったのは、蕎麦の巻き方の不思議だけなのだ。

「あー、やっとすっきりした。今日は文字をバラバラにする工夫を聞いたり、蕎麦をバラバラにしない工夫を聞いたり、ためにもなった日だったよ」

「その雑なくくりで、俺は一瞬ですっきりしない側になったわ。どうしてくれる」

そんなこと言われても。

これ以上責められるのが嫌なので、沙央は足を速めて宗哉の前を歩いた。

「でもいいよね、ソーヤ君。わたしも授業中に暗号の話とかしてくれる先生の授業、受けてみたかったよ」

「俺は二度とごめんだが」

「なんでよ、いい先生じゃない」

なんなら沙央のところの、やる気のかわりに眠気を引き出す社会科教師と取り替えてほしかった。

「……教え方が良くても、他が最低だったんだよ――」

宗哉の呟きに重なるように、沙央の前方からは、わんわんと犬の吠え声が響いてきた。

つばめ館の門扉に、柴犬のもち丸が前脚をかけ、尻尾を大きく振りながら盛んに吠えている。そのせいで、来客らしい人が中に入れないでいるようだ。

「こらー、もち丸！　そんなワンワン言っちゃだめだよ！　静かに！」

沙央はすぐさまダッシュして、興奮するもち丸にストップをかけた。

同時に立ち往生していた女性に向き直って、「すみません」と謝罪する。

もち丸は威嚇というより遊んでほしくて近寄っていたようだが、お客さんには関係ないだろう。

「こちらこそ、怖がらせてしまったみたいで……」

「そんなことないです、ないです」

だが、いざ女性を正面から見た沙央は、我が目を疑ってしまった。

（え……ソーヤ君……？）

つややかな長い黒髪に、フェミニンな感じのスカートスタイルがよく似合う、上品な小顔。

　誰に似ているかと言えば、女装した時の宗哉そっくりなのだ。

「失礼ですが、つばめ館の住人の方ですか？」

「は、はい……」

　沙央は答えながら、つい来た道を振り返ってしまった。

　そこには今まで一緒にいた、男子学生の響木宗哉がちゃんと立っていた。

「……夏深（なつみ）」

　そしてここまで人を恨むことができるのかというほど、苛烈（かれつ）な眼差（まなざ）しで女性を睨みつけていた。

四品目　めんべいと響木宗哉の条件

沙央がつばめ館に入居したのは、合格した大学の入学式が始まる直前なので、三月末のことだ。

引っ越しのトラックに先立って到着した東京のソメイヨシノは五分咲きで、そのくせ最後の寒の戻りとばかりに、気温が低い日だった。

「それでは、作業全て終了です」

「お疲れ様でしたあ！」

荷物の段ボール箱を部屋に運び込んでくれた、ガタイのいい引っ越し屋のお兄さんに礼を言ったら、何故かびくっと驚かれた。

（……あー、まただわ。声のボリューム下げなきゃ）

沙央は反省する。

体育会系のノリは、絶対に封印。ここは道場でも日本武道館でも地元でもない。わたしはフツーの女子大生になりに来たのだ。間違えるな。

　それでも人が去って一人になると、ふつふつと高揚感がこみ上げてきてどうしようもなかった。わざわざ廊下に出て、あらためて自分が暮らす部屋のたたずまいを眺めてみた。

「くー、たまらん」

　見よ、この今時珍しい、木製の玄関ドア。真鍮製のドアプレート。そこに刻まれた『5』の文字や、図案化された百合の花まで、愛しくて撫で回してしまう。ここが今日から沙央の城になるのだ。

（他のお部屋も、見た感じすんごい可愛いかったんだよね。後でご挨拶に行って確かめれば、一石二鳥か。ちょっとだけ中とか覗かせてくれないかな）

　入ったアパートつばめ館は、学生のみに貸し出している学生専用物件という話だった。はたして沙央と同じ大学の人は、いるだろうか。新しい部屋に新しい隣人、何もかもが目新しくて、希望しかなかった。

「小田島さん、今少しよろしいかしら」

「ふわっ、大家様！」

　下で鍵を受け取って別れたはずのオーナーが、階段を上がってきていた。変態のようにドアに張り付いて笑っていたのを、さっそく見られてしまっただろうか。

「様は結構よ。どうか福子と名前で呼んでくださる?」

しかし柳沢福子は、ただ楽しそうに微笑んだだけだった。

「……福子さん、ですか?」

「そうそう。学生さんにそう呼んでいただけると、こちらも気分が明るくなって嬉しいの」

品はあるが、想像以上に可愛らしいおばあちゃまだ。これは絶対に名前で呼んであげようと、沙央は決めた。

「お忙しいところを申し訳ないけれど、一階のラウンジに来てくださらないかしら。新しく入居された方に、ご案内していることがあるの」

「はい、はい、今すぐ行きます!」

沙央は貰ったばかりの鍵でドアを閉め、あとは取る物も取り敢えず、福子の後をついていった。

そして一階のラウンジに入ると、そこにはすでに先客が一人いたのだ。

(――男の子?)

オーバーサイズの、灰色のトレーナー。ストレートのデニム。伸びちゃったのかそういう髪型なのか、判定が微妙な感じの黒髪。全体に小柄で華奢な感じの後ろ姿だった。

窓辺で外を見ていたその男子学生らしき青年が、こちらを振り返った。

「響木君、この人は小田島沙央さん。二階の『5』号室に入居されたのよ」

福子が喋っている間も、彼は静かに警戒を怠らず、沙央に注意を向けてくるのがわかってヒリヒリした。

そして福子は、沙央にも同じような説明をしてくれた。

「響木宗哉君よ。彼も今日からつばめ館に入居なの。一階の『2』号室」

「へえ……」

午後便でトラックが来た沙央と違い、午前中のうちに搬入まで済ませたそうだ。

「それでね、お二人に知っていただきたいのは、四月のポットラック・パーティーについてなの――」

福子の説明は、この先に月一で開いていくことになる、つばめ館の名物についての話だった。

一通り話し終えると、福子は「ぜひ参加してね」と笑って、ラウンジを出ていった。

沙央はため息が出た。

「……すっごいなあ、謎か一品持ち寄りパーティーだって。さすが東京だ」

「いや、東京でも普通やらないと思うけど」

横を見れば例の男の子で、沙央は彼の存在をつかまえる意味もこめて、にこりと笑った。

「よろしく。ドアのプレートの花、なんだった？」

「へ、花？」

「だからお花。部屋番号のところに、花が彫ってあるでしょう？　見なかった？」

「部屋ごとに違うわけ？」

「うん、違う。わたしのところは百合の花だし、確かめたとこだと『4』号室は紫陽花で、

『3』号室が桜だったかなあ」

　沙央の話を聞いた宗哉は、顎に手をあて、考え込むように難しい顔つきになった。

「……後で確かめてみる」

「オッケー。わかったら教えて」

　けっきょくこの後、宗哉は教えてくれただろうか。くれなかった気がする。というより
沙央が待ちきれなくて、自分から部屋の前まで行って確認してしまったのだ。

　ともかくその時持った宗哉の第一印象としては、『可愛いけどちょっと暗い子だなあ』

という、非常に呑気かつ失礼なものであった。

　最初はかように人見知りだった宗哉も、つばめ館の先輩方などに揉まれ、今ではルール
を守れと沙央に口を酸っぱくして文句をたれる側だ。

——そして、時はたって八月も下旬。

暮れかけの西日はうだるように暑く、蟬の声はひたすらにうるさく、そしてつばめ館の前には、知らない女性の姿があった。

宗哉が口を開いた。

「何しに来た」

「……何って」

宗哉にそっくりのその女性は、傷ついたように眉尻を下げた。

「そんな言い方、しなくてもいいじゃない。ぜんぜん返事をくれないから、私も心配して」

「そんなの全部あんたの都合だろうが」

「宗哉、お願いだから話を聞いてよ」

「話すことなんかない。帰れ」

門扉を開けて中へ入ろうとする宗哉の腕を、女性が「待って」とつかんだ。しかしシャツの腕をつかまれた瞬間、宗哉は弾かれたように彼女の手を振り払った。

「……いいから、帰れ。何度も言わせるな」

低く絞り出すような声の命令、そして徹底した拒絶の眼差しに、女性は絶句し、ついには涙をにじませた。

「ちょっとソーヤ君！」

沙央はとっさに声をかけるが、同時に女性が顔を覆って泣き出して、どうしていいかわからなくなった。

そうこうしているうちに、宗哉がつばめ館に入ってしまい、沙央は敷地の境界で肩を震わせる女性の方に話しかけた。

「……大丈夫ですか」

女性はうつむいたまま、かすかにうなずいた。

「すみません。こんなつもりじゃなくて……私」

「そうだ。あの、もし良かったら、中の方で少し休んでいきませんか。一階にラウンジがあるんです」

沙央の誘いに、その人はのってくれた。入居者用のラウンジに通してあげると、自分の部屋からコップと冷たい烏龍茶を取ってきた。

「どうぞ。ペットのお茶ですけど」

「……ありがとうございます。いただきます……」

畳んだタオルハンカチを片手に、女性は丁寧な礼を言った。泣いたせいで目元は赤いが、もう涙は引いたようだ。

　彼女は沙央が注いだ烏龍茶を飲み、自分がいる場所から見える庭の景色に、目を細めている。

「ここは、とても素敵なところですね。建物もお庭も綺麗で」

「はい。わたしもそう思います。大家さんがセンス抜群なんです」

「……私はあの子がどういう場所に住んでいるかも、来るまで知らなかった」

　浮かんだのは、寂しさと少しの自嘲が入った微笑みだ。

　こうしてあらためて見ると、泣いて憔悴していたのを引いても、女装宗哉そのものというよりは、もう少し上の世代の人のように思えた。二十七、八歳ぐらいだろうか。

「名乗るのが遅れて、申し訳ありません。私は宗哉の姉で、響木夏深と申します」

「あっ、わたしもなんにも言わなくてすみません。小田島沙央です。睦学院女子の一年で、ソーヤ君とは同期の仲間みたいな感じです」

「宗哉と仲良くしてくれているんですね」

「まあ、持ちつ持たれつみたいな」

　若干持たれている数の方が多い気もするが、ここは見栄を張らせてもらった。

　その勢いで、沙央は聞いた。

「ソーヤ君と、喧嘩でもしているんですか？」

「喧嘩というか……私の結婚が決まったと言ったら、完全に嫌われてしまった感じで」

えー、ちょっと待って待って。そういうやつですか。

事前に予想していたものとは、もめ事の方向性がだいぶ違っていて、内心かなり焦って戸惑ってしまった。

職業は看護師。ふだんは内科病棟のナースとして働いているらしい。

「ご婚約おめでとうございます……って言ったらまずいですか」

「いいえ、本当は嬉しいです。私たちは父も母も早いうちに亡くしていて、宗哉とはずっと二人で暮らしてきたんです」

「……全然知りませんでした」

「私じゃ力不足で、いたらないところも多かったと思います。家の中の事を手伝ってもらったのはもちろん、私が夜勤の日は、沢山寂しい思いもさせたはずですし。だけどたった一人の家族で、弟ですから。あの子にも祝ってもらえたらって気持ちを、どうしても捨てられなくて」

それは当然のことだろう。

すげなく追い返した宗哉の顔を思い出し、今さらながら腹がたってきてしまった。

「しっかりした子なんです。昔からそう。今回の進路も住むところも、全部私や婚約者に相談なしで決めてしまったぐらいですから。式があっても出たくないと言い張ってて……」

「夏深さん……」

「お式や披露宴は、問題の本質じゃないですよね。とにかく私が、あの子に嫌われたままなのが寂しいんです。このまま結婚なんてできない……今日はとにかく立ち話でもなんでもできればいいと思って来たんです」

その最低限の望みすら、果たせずに終わってしまったのか、彼女は。

「あのっ、もう一回、ちゃんと話してみます？　ソーヤ君の部屋は、あっちにありますから」

しかし連れていった弟の部屋の扉は開かずの扉で、いくらノックしても反応はなかった。

「ソーヤ君！」

「……もういいわ、小田島さん。どうもありがとう」

けっきょく夏深は、宗哉との対話を諦めて、ここまで案内した沙央に礼だけ言って、寂しげにつばめ館を後にしたのだった。

（がっかりだわ）

今まで口が悪い態度が悪いと思ってはきたが、最低限の情はあると思っていたのだ。まさかあんなに薄情で、大人げない奴だとは思わなかった。

夜になったら、今度は浜木綿カレンが帰省先から戻ってきた。彼女は故郷福岡の土産物袋を手に、沙央の部屋を訪問してくれた。

「――はい、みんなへのお土産は『博多通りもん』と『めんべい』ね。全員同じだから恨みっこなしよ」

そう言って玄関口で菓子箱を渡すと、強ばった体をほぐすように、首筋のストレッチをはじめている。

「ありがとうございます、カレン先輩。お疲れ様です……」

「ほんと疲れたわ。新幹線、激混みだったわよ。ラッシュ時の東西線じゃないんだから。ねえ沙央ちゃん、顕正も響木君も、今行ったらいると思う？」

「顕正先輩は、まだ帰ってきてないと思います」

「やっぱりかあのチャランポラン。奴のぶんは、ばらしてチラシ入れにでもねじこんどきゃいいかしらね」

「あとソーヤ君も……」

「……沙央ちゃん？　どうかしたの？」

　ここまでの思い出し怒りで、相当変な顔をしていたようだ。しかし沙央には、どうにもできなかった。

「すいません、先輩。ちょっとだけ聞いてもらえますか？」

　玄関先から部屋の中へ上がってもらい、あらためて憤懣（ふんまん）やるかたない思いの丈をぶちまけた。

「……というわけだったんですよっ」

　キッチンの流しの中には、昼間に夏深が飲んでいったコップが置かれたままだ。たった一人の弟に拒絶されて、悲嘆（ひたん）にくれる夏深の姿を思い出すと、年上ながら可哀想（かわいそう）でならなかった。

「なるほどね……」

「あいつはもう、見損（みそこ）ないましたよ。お父さんもお母さんもいなくて、この世にたった二人きりの姉弟だって言うんですよ？　遠いところをわざわざ話しに来たのに、顔ぐらい見せろっつの」

「断固拒否、か……」

「夏深さん、このままじゃ結婚もできないって言うし悲しすぎますよ」

言い方は悪いが、『女子供を泣かせる』奴に、宗哉が入ってしまったことが、沙央には悔しいしショックだったのだ。

沙央から話を聞いたカレンは、自分で持ってきた土産物の『めんべい』や『通りもん』を広げて食べつつ、神妙な目をして考えこんでいる。沙央も向かいでご相伴にあずかる。

『めんべい』はプレーン味とマヨネーズ味があり、どちらも練り込んだ明太子など、魚介の味がしっかり染みておいしい薄焼き煎餅だ。おいしいと悔しいがない交ぜになっている。

「夫婦げんかは犬も食わないって言うけど、姉弟はどうなのかしらね……」

「ちょっとわたし、もう一度奴のとこ行ってきます」

沙央は立ち上がり、カレンとお菓子の箱を置いて部屋を出た。

階段手前にある一階『2』号室が、響木宗哉の部屋だ。真鍮製のドアプレートには、部屋番号ごとに花の絵が図案化して彫ってある。宗哉のところは、水仙だった。

水仙はナルシストの象徴。ついこの間までそうだと思っていた。

沙央はプレートの下あたりをノックするが、応答はなかった。

「ねえ、ソーヤ君。いるんでしょ。返事してよ」

声でも呼びかけてみるが、これも反応はない。

「いつまで引きこもってるの？」

——無視。拒絶。

先ほどまでと、まったく一緒だ。

だんだん沙央は、堪えきれなくなってきた。

「いーかげんにしろや、このシスコンがあ!!」

柔道のかけ声で鍛えた声帯をフルに使って、ドアに向かって怒鳴りつけていた。

「なにがヒビキナツミですだ。あんたのこと自分大好きのナルシストだと思ってたけどね、違うよね。そうじゃないよね。シスコンだったんだよシスコン、シスコン、シスコン、シスコーン！」

いきなりドアが開いた。

「……うるっせーな、近所迷惑だろ少し黙れ無神経女……」

へっ、ちょろいもんだぜ。

地獄の底から這い出てきたような声で唸られたが、その姿はロングのヘアウィッグに化粧とカラコン、外見に見合ったコーディネートも完璧な女装スタイルだった。

こうして見ると、やっぱり夏深によく似ている。

「……ヘイ。だいぶストレス溜めてるね。お姉ちゃん好き？」

「何も知らねえ奴が偉そうなことほざくな」

「そりゃそうでしょ。そっちが話さないいんだから」

だから沙央は、なるべくして『何も知らねえ無神経な女』になっているのである。ちなみにこれは、宗哉が話さなければずっと続く予定である。

そういうことを、眼力をもって訴えたら、宗哉は苦々しい顔で舌打ちした。

「……入れ」

おう。入ってやろうじゃないの。

こんな形で宗哉の部屋に踏み込むことになると思わなかったが、腹をたてた勢いでずかずかと侵入してやった。前にカレーを分けてもらって以来だ。

入ってすぐのキッチンには、自炊で作ったらしい何かの鍋。シンクに残った洗い物は、水色のマグカップ一つ。

そして寝室側の家具やファブリックは、青系と黒のツートンで統一されていて、いかにも男子が暮らす部屋といった感じだった。ただしクロゼットの扉が片方開いて、その中の色彩豊かな女性服がベッドの方にも散乱していたので、彼の中の混乱具合が見て取れる気がした。

ここは宗哉の脳内で、気持ちそのものだ。

その彼が、ベッドの上にあぐらをかいて座ったので、沙央は勉強机の椅子を使わせてもらった。

「それで、夏深からどこまで聞いてるんだ」

「どこって」

「話をだよ。あいつなんて言ってた」

いみじくもお姉さんのことを呼び捨ての上に、あいつ呼びかよと思ったが、沙央は怒らず答えた。

そして一通り聞いたら、宗哉は皮肉げに口の端を歪めた。

「だよな。自分から本当のところなんて言えないよな」

「どういうこと？」

「まあいいわ小田島。ちょっとだけ想像してみてくれないか。たとえば小田島が尊敬している教師がいるとして」

「うん、何」

「そいつが自分のきょうだいとつきあってるところを」

「おげええ」

吐き気を催す事態だったので、思わずうめいて口を押さえたが、何故か宗哉にまでドン引きされた。

「………そこまで嫌がることか」

「いや、ごめん。うち男兄弟しかいないし、想像したの柔道部顧問の先生だったから……」

「それは……きっついな……」

「うん、81kg級と100kg級……」

恋愛は自由だと思うが、それとこれとは話が別だ。不意打ちで想像するには生々しくて、刺激が強すぎた。しかもこういう時に限って、画像の解像度が高いのだ。この力を、アイドルとの妄想に活かせないかと強く思う。

しかし宗哉の身内は、あの夏深だけだろう。

「尊敬してるんだな、部活の先生とか」

「うん、嫌な人もいたけど、その先生は本当にいい人だったの……」

「そうか。俺の場合は、中学の頃の担任教師だ。中二、中三って担当して貰って、話も面白くて俺はけっこう好きだった」

「もしかして……暗号の話してくれた人？」

脱線ばかりで、授業がなかなか進まなかったという、社会科の先生。

宗哉は、否定しないことで暗に認めたようなものだった。

「見た目ハゲ入った、冴えないおっさんなんだけどな。俺が何かの拍子に高校行かないでバイトするってこぼしたら、めちゃくちゃ血相変えて『やめろ響木、考え直せ』って、毎日説教大会だよ。俺の成績で行ける学校と、受けられる公的な補助金全部リストアップして、その先の大学まで行った場合の生涯賃金の差とかプレゼン始めるんだよ。放課後の教室で、黒板縦横めいっぱい使って。想像できるか？　俺は呼び出された夏深と一緒に、その授業を受けたんだ」

保護者役のお姉さんと二人並んで、二人のためだけの特別授業。

昼間にクラスメイトと一緒に受ける授業とは、まったく違うものだったに違いない。

「……いい先生なんだね」

「まあそれでまんまと騙されて進学した後、二人がつきあってるのを知った俺もバカだったんだけどな」

宗哉は自嘲と皮肉をたっぷりと付け足した。

「それまでの『保護者と教師』の面でしてた相談とか面談とかが、全部意味合い違ってくるだろ。しかも夏深を少しでも助けようとしてた俺をだしにしてとか……なんかもう俺の中の全部が無理だったわけだ」

小綺麗な女装姿のまま、座っているベッドに倒れこんだ。

「俺は俺じゃない人間になりたくて……」

「女装するようになった」

「その顔が夏深に似てるって言うなら、俺は小田島の言う通りシスコンなのかもしれない。もっとたちの悪い、化け物じみた感情だって言われても否定はしないさ。だから十八になって親の遺産使えるようになったら、家を出たんだ」

そしてつばめ館に来たのか。

三月の終わり頃、同じような引っ越しトラックと段ボール箱で入居してきた彼が、こんなことを考えていたとは知らなかった。

寒そうなラウンジに一人、ぽつんとたたずんでいた背中を思い出す。

あの時彼は、どんな気分で花冷えの庭を眺めていたのだろう。

「……今さら別れろとか、そんな不毛なこと言うつもりはない。くっつきたきゃ勝手にそうすればいいんだ。ただ俺のことも触らないで放っておいてほしい」

「でも夏深さん、このままじゃ結婚できないって言ってるよ」

「俺が知るか」

天井を見たまま、つんと冷たく言われた。

――同情の余地は、充分ある。でも、やっぱり子供だなとも思う。

「じゃあ小田島。俺から条件を出そうか」

まるで心の中を、直接読まれたようだった。

ベッドの上の宗哉はいつの間にか、沙央の方に寝返りを打っていた。

「もし叶えられるなら、和解式でも結婚式でもなんでも出てやるよ。約束する」

「ど、どんな条件……?」

「夏深が形見分けで貰った、母さんの指輪。あれを俺にくれないか」

沙央をじっと見ながら、空いた手の人差し指を向けてくる姿はどこか挑戦的で、男とわかっていながらなまめかしくすらあった。

「詳細は夏深に聞けばわかる。譲歩(じょうほ)はしない。俺からは以上だ」

＊＊＊

夏深と別れる時、念のため連絡先を聞いておいて良かったと思った。

宗哉の件で連絡を入れておいたら、翌日の夜になって、電話がかかってきた。

『すみません小田島さん。今、少しお話しして大丈夫ですか』

「大丈夫です。平気です。あの、LINE見てもらえましたか」

『はい。その件でお電話したんです。宗哉が和解してもいいと言ったんですよね。指輪があればって』

「そんな風に言ってました。ものすごい偉そうでしたけど。詳しいことは、夏深さんに聞けばわかるって」

『そんな……』

声だけでも青ざめているのがわかる感じで、いったいどれだけ大事な指輪を要求しているかがうかがえた。

「亡くなったお母さんの、形見の指輪なんですよね？　やっぱり簡単にはあげられないものなんですか？」

『違います。そうじゃないんです。母が持っていた服や貴金属なんて、私が女だからまとめて渡されたようなものです。欲しいって言うなら、いくらでもあげます。けど……』

夏深は尻すぼみに声を詰まらせた。

『実は……ないんです』

「え？」

『指輪だけないんです。母の結婚指輪で、お守りがわりに時々身につけていたんですけど……なくしてしまったみたいで』

今度は沙央の方が、絶句する番だった。

「そ、それは……確かなことで」

『もう半年以上前です。仕事先の病院につけていくことは、絶対にないです。だから落とすとするなら、家で家事をしていた時だと思うんですが……』

「も、もう一回探してみてもらえますか」

『はい、探します。探します。もちろんです』

勢いこんで夏深が言った。頼むぞと思った。

しかしこれで、本当に出てこなかったらどうなる。和解は絶望的ではないか。

――もしかして、それが狙いなのだろうか。一瞬そんな不穏な考えが頭をよぎってしまった。

そして思ったのは、沙央だけではなかったようだ。

『小田島さん。宗哉は、私がなくしてしまったことに気づいていたんでしょうか。だからいきなり、自分じゃつけない指輪なんて言いだしたんですか？　そこまで嫌われてしまっているんですか、私は』

「夏深さん、落ち着いてくださいよ。そんな悪い風にばっかり考えてたらダメです」

少なくとも沙央は、宗哉が女物の指輪を自分のために欲しがってまったくおかしくないことを知っていた。理由を深掘りすれば夏深のせいかもしれないが、あれは外部の要因で、眠れる性癖が開眼したようなものだろうと思う。

「探し物のこつは、絶対あると思って探すことですから。とにかく根性でお願いします!」

『わ、わかりました』

テンション高めで通話を終えてから、どっと力が抜けてため息が出た。

(……参った。まさかなくなってるとは)

嫌な予感はびんびんにしていたが、今は向こうのがんばりに期待するしかなかった。夏深の続報を待つ一方で、当の宗哉が平然と暮らしているようなのがまた憎いのだ。

たとえば夜、沙央がぷるぷるしながら爪にマニキュアを塗っていたら、こういう一言だけのLINEが来たりする。

『醤油貸してくれないか?』

ＯＫのスタンプ一個で済んだのでそう返信したら、『じゃあ取りに行く』と即レスが来て、しばらくすると現実のドアがノックされた。

沙央は左手だけ爪が完成した格好でドアを開け、部屋着の変なＴシャツとハーフパンツ姿の宗哉に、冷蔵庫の醤油を渡してやった。

「よし。けっこう入ってるな。これならいけそうだ」

「ちょっとねえ、どんだけ使いきる気なわけ」

「動画で見た醤油だけのチャーシュー、ってのを作りたいんだよ」

「何それ」

「茹(ゆ)でたバラ肉を、丸ごと醤油につけ込むだけらしいんだが、俺のところの調味料使い切ってもまだ肉の頭が出てるんだよ」

「わたしだって、お醤油なくなると困るんだけど」

大したものを作っているわけではないが、お惣菜(そうざい)のフライに醤油がないのは困るタイプだ。

「まあ今回は使わせてくれ。前に味噌を貸してやっただろう」

「あれの借りはもうチャラでしょ」

「……じゃあ完成したら、小田島にもやる」

次善の策を提案された。

沙央はしばし考えた。ふだん沙央の食卓を彩る袋ラーメンの、もやしとキャベツと一緒にチャーシューが加わるのは魅力的だ。炒飯に入れてもいい。

「わかった。持ってってもいい」

「貰ってくな」

「――ねえ、待って」

玄関先から退散しようとする背中に、思わず声をかけた。

宗哉が、首だけ振り返る。同い年の男子にしては細いシルエット。

「なんで指輪なの？」

よりにもよって、それなのか。

質問した宗哉に、リアクションらしいリアクションはなかった。ただ同じ顔で聞き返してきた。

「夏深がなんか言ってたのか？」

「ううん、べつに。今度持ってくるって」

沙央も同じ調子で返した。内心では心臓がばくばく言っているのを、気取られなければいいと願う。

「指輪なんてさ、貰ってもサイズ合わないと付けられないでしょ。ネックレスとかの方がよくない？」

「バカだな。なんのために指が十本あると思ってるんだ。第一あれは絶対俺が付けた方が似合う」

「うわ」

陶酔したこと言われ絶句すると、宗哉は口の端を上げた。

「まあ、楽しみにしてるわ。がんばれって夏深に伝えてくれ」

その瞬間、沙央は理屈ではなく唐突に悟ったのだ。こいつってば知ってる。

夏深が指輪をなくしているのを承知で、和解案に挙げたのだ。

（この、根性ねじくれ野郎君が！　陰険！　性格悪いぞ！）

使いかけの醤油を持って悠々と去る背中に、思いつくかぎりの罵詈雑言を浴びせてやりたかったが、できるわけがなかった。

（くそー）

代わりに沙央は、鬱憤をためたまま室内に戻り、そうしたらテーブルのスマホに着信ランプがついていたので確認したら、相手は夏深だった。その場で折り返しながら、ベッドに回転ダイブした。

「ねえ、夏深さん！　指輪まだ見つからないんですか！」

『……見つからないんですよ。すみません、すみません……』

　スマホの向こうから、夏深の泣きそうな声が聞こえてくる。

「本当に家の中なんですよね？」

『それ以外ないと思うんです。婚約者の彼にも頼んで家中探しているんですけど……庭や二階まで含めるときりがなくて』

　弱音を吐くなと言いたい。

　しかしどうも小さなマンションやアパートではなく、それなりの広さがある戸建てのようだ。

「こっちも家の規模（サイズ）を見誤ってました……人手が必要なら、わたしも行ってお手伝いとかできればいいんですが」

『本当ですか？　来ていただけます？』

「え」

　軽く返され、沙央は言葉に詰まった。

「えーっと……夏深さんたちのお宅って、どちらの県……」

『東京です。大泉学園（おおいずみがくえん）なので、茗荷谷（みょうがだに）からですと電車で三十分ぐらいでしょうか』

目が点になった。なんだよあいつ、都内住みだったのかよ。

＊＊＊

響木夏深が言っていた通り、大泉学園駅は、池袋で私鉄に乗り換えたらすぐだった。駅北口のペデストリアンデッキの上は、『鉄腕アトム』やら『あしたのジョー』やらの銅像が人間に交じって立っていて、駅から出てきた沙央たちのことを出迎えてくれた。

「でもさ、ちょっと生意気だよね。もともと東京都内に住んでて、茗荷谷に一人暮らしとかさ」

顕正が『銀河鉄道９９９』のメーテルの肩を抱いて写真を撮りながら、拗ねたことを喋っている。

今日は夏深と約束していたお宅訪問日で、沙央は先輩方とも相談の上で、こうして最寄り駅までやってきたのである。

「そんなの人それぞれでしょうが。いつまで銅像と記念撮影してるの」

「等身大メーテルは貴重だよー。カレンさんだって矢吹丈の写真撮りまくってただろ」

「まくるってほどじゃないわよ。自撮りみたいなこともしてないし！」

「沙央ちゃんも撮るなら今だよ。ツーショで映りたいなら僕が撮ろうか？」

「……す、すいません。じゃあラムちゃんを……」

大泉学園は、近くにアニメの制作会社があり、漫画家も多く住む町ということから、この手の銅像ができたとのことである。三人でデッキを抜ける頃には、思いがけず画像フォルダが充実してしまった。

「アニメ発祥の町だし、その前は名前の通り学園都市として開発されてきた場所だし、もっと前なら一面の農地だった所よね。泉が沢山あったから、小泉が転じて大泉って地名にしたって説があるけど」

「なるほど……」

土地がらみの解説は、いつもながらカレンが詳しい。

ちなみに最初の大学誘致は失敗して、今ある大泉学園と名がつく公立学校は、地名がそうだからそうなっているだけらしい。名前の後に実績がついてくると聞くと、いつぞやの幽霊騒動を思い出してしまう。

それでも往年の都市計画の面影を残し、綺麗に整備された桜並木を歩きながら、顕正が言った。

「さっきの話に戻るけどさ。宗哉のこと。こんな近くに家があるのに、あいつはつばめ館にいなきゃいけないぐらい、実家を出たがってたってことだよね」

「……そうですね」

　赤とんぼが二匹、沙央たちの前を音もなく横切っていく。

　顕正の口調はいつもの通り軽かったが、沙央の口と足取りは重くなった。急に自分が余計なことをしている気がしてきた。

「沙央ちゃんから話聞いて、いろいろ腑に落ちたんだよ。あいつ自分のこと喋んないからさ」

「顕正は、反対なの？　指輪探すの」

「まさか。だったらついてきてないし。ただなんていうかさ——いつもいつも解決する側だった奴から、挑戦状もらったようなもんだろう？」

「鼻明かしてあげたいとこよね、単純に」

「そうそれ。ちょっとわくわくしてるんだよ、僕」

　顕正は笑っていて、カレンもうなずくから、今はその言い分に救われるような気がした。

　この二人がつばめ館にいてくれて、先輩でいてくれて良かったと心底思った。

　自分一人の判断では荷が重いことでも、悩みすぎなくていい。迷ったら相談できる。

　というか——。

もしそう言ったら、あいつはなんて言うだろうか。

一人で抱え込まなくていいのは、わたしだけじゃなくて君もなんだよ。

（わかる？　ソーヤ君）


宗哉の実家はざっと見積もって築四十年はたっていそうな、古い木造の二階建てだった。つばめ館ほどではないがちゃんとした庭があり、しかしそこは草取りが追いついておらず、数年使っていない犬小屋がそのままという、なかなかの放置物件である。

（これは……確かになくすと厳しいかも……）

板張りの廊下を歩きながら、この先の戦いを思って眉をひそめてしまう。

最終的に居間の方へ案内されたが、そこにも時代がかった古い家具や、謎の民芸品が所狭しと並んでいた。

目につくところの掃除はまめにしてあるようだが、とにかく物が多い。多すぎる。

「……見つからない理由がわかりました……」

「父が祖父から相続した家らしくて……」

夏深が沙央たちに茶を出しながら、申し訳なさそうに言った。

「両親がいた頃から、こんな感じなんです。私一人だとなかなか片付けきれなくて。本当にすみません」

「わかりますけど……」

沙央は座卓の向かいにいる、小太りの男性のことも見た。

今日は彼女の婚約者も来たらしい。さっきから沙央たちを見て、もとから小さい目がなくなるぐらいににこにこしている人だ。

（ソーヤ君の担任の先生だったんだよなあ）

名は四条卓次（しじょうたくじ）というそうで、つるりと面長（おもなが）な顔に丸眼鏡（まるめがね）をかけ、頭部の感じが少々薄いのも相まって、年齢不詳のムーミンが畳（たたみ）に座っているような感じがした。

「今日は本当に、わざわざお越しくださってありがとうございます。大変助かります」

その人がいきなり沙央たちに向かって頭を下げだすから、こちらの方が慌てた。

「いえ、まだなんにもしてないですよ」

「来ていただいたことが、まず嬉しいんですよ。響木が……宗哉君が今いい環境にいて、心配してくれる友人にも恵まれているとわかって、私は本当にほっとしているんです。夏深さんから話を聞いた時は、恥ずかしながら泣いたぐらいで」

実際に今もなんだか目が赤いのである。

確かに宗哉が述べていた通り、夏深とは年齢・外見含めて少々差があったが、そんなこと些細なことだと言い切れるぐらいに、中身が魅力的な人なのだろうと察しはついた。

この家の姉弟のために、放課後の特別授業をしたぐらいなのだ、この元担任の先生は。

「宗哉のやつ、先生とお姉さんをいっぺんに取られて拗ねてるんですよ」

顕正が、出された茶を飲みながら笑った。

「私が夏深さんと交際を始めたのは、一応宗哉君が卒業してからなんですよ。このあたりは夏深さんからも説明してもらったんですが、なかなか聞いてもらえないようで」

「でもそういう頑固な奴が、譲歩しようって言ってきたんですから、なんだろうと進歩ですよね」

確かに、顕正の言う通りであった。ここにつけ込まない手はない。

「じゃ、夏深さん。さっそく探してみますか？　人も増えたわけですし」

沙央が立ち上がろうとしたら、制するようにカレンが手をあげた。

「その前に、基本的なことをうかがってもいいですか。指輪のデザインと、ふだんしまってあった場所。なくした前後の行動とか」

なるほど、それも大事な情報だ。また座布団に座り直す。

「はい。指輪は、すごくシンプルなマリッジリングなんです。細すぎない甲丸で、地金はイエローゴールド」

「ブランドわかります？」

顕正の質問も飛ぶ。

「箱も証明書もないですけど……たぶんカルティエです」

「そっか。なら幅は三・五ミリってとこかな」

わかるのかよ。沙央はやや唖然とし、カレンは苦虫を三匹ぐらい噛み潰したような顔になった。

「指輪が本来あった場所は？」

「はい、こちらです。案内します」

夏深、顕正などに続いて、ぞろぞろと二階への階段を上がっていく。

ベランダに面した西向きの和室を、夏深が私室として使っているようだった。

こちらも彼女が子供の頃から使っているような雰囲気だが、使い込んだ学習デスクと本棚に、最新の医療系テキストが並んでいるのは、いかにも現役のナースだと思った。

夏深は押し入れを開け、下段からキャスター付きの小型スーツケースを引き出した。

「この中に入れているんですか？」

「はい。私、大事な貴重品はここにまとめているんです。鍵もついているんで」

その場でボタン式の南京錠を外し、スーツケースの蓋を開けると、中には確かに形見分けで貰ったらしい品に混じって、旅行用のジュエリーケースも入っていた。

ジュエリーケースも開けるが、真珠のイヤリングとチェーンネックレス、陶器製のブローチがあるだけで、指輪は一つもない。

夏深が苦笑した。

「本来ならこの場所に、ちゃんと戻してあるはずなんですけど」

「なくなったのに気づいたのは、いつ頃なんですか?」

カレンの質問に、夏深は考えながら答えた。

「……二月です。二月の終わり頃。宗哉から受験の結果が全部出たと報告されて、一緒に家も出るといきなり言われて。受かったのは近くの大学だったのにどうしてって、すごく落ち込んで……たぶん母に泣きつきたかったんです。それでこのケースを開けたら、あるはずの指輪が入ってないことに気づいたんです。もう慌てました」

「最後に使ったのは、わかりますか?」

「それもすぐにわかったんです。これもやっぱり宗哉と喧嘩をした時です。こんなのばっかりですね」

基本的に、夏深の精神安定に深く関わってきたものらしい。

「年末に卓次さんとの婚約を伝えたら、ぜんぜん喜んでくれなくて、それどころかすごく冷たい反応で、愚痴を聞いてもらうつもりで指輪つけたんです。ただもうその時は落ち込みすぎて、指輪と一緒に家事をした後、ちゃんと戻したかの記憶がかなり曖昧で……」

そして夏深はため息とともに、肩を落とした。そして今も指輪は、この物が多い家のどこかに入り込んでいる可能性があるわけか。

「今日は私は、シンクと洗面台のU字トラップを外そうと思って来たんですよ。排水口から水と一緒に流れたものは、大抵トラップのところに引っかかってますからね」

卓次は工具のモンキーレンチも持参しているらしい。頼もしい発言だった。

「他にここを調べたいって人、いる？」

顕正が聞いたら、カレンが手をあげた。

「私ね、まず何をおいても靴箱を調べるべきだと思うの……」

「なんでそんなピンポイントなの」

「なんでって、過去に私がなくした指輪も、そこから出てきたからよ。もっと具体的に言うなら冬物のムートンブーツの中。玄関で脱ごうとした時にスルッて落ちて、気づかないままシーズンオフに突入したのよ。翌年にまた履こうと思ったら、ポロッて出てきた時の衝撃わかる？　まさに時を駆ける指輪」

「それわかりますカレン先輩、むっちゃありそう！」

「他の冬物も、もう一度見てみますね！」

女子には共感できることだったようで、夏深も真剣な顔で話にのってきた。

「うんじゃあ君たちは、そのへんを探すってことで」

顕正は顕正で、ここまで背負ってきていたボディバッグをまさぐって、謎の装置を取り出したところだった。

「なんですか顕正先輩、その謎機械」

「前にビンゴの景品で貰った、金属探知機」

「どういうビンゴ大会ですか」

確かに空港で係員が持っている、ボディチェック用の探知機に似ている。素材はもう少し安っぽい感じではあるが。

「普通にＡｍａｚｏｎとかでも買えるよー、五千円ぐらい出せば」

「マジですか」

「これが結構便利なんだよね。部屋で眼鏡の小さいネジ落とした時とか」

顕正は喋（しゃべ）りながら、畳（たたみ）の上に敷いたカーペットにハンディタイプの探知機を滑らせていき、何やら反応があったところでカーペットをめくった。

「あった」

「あったんですか！」

さっそくか、すごいぞ。

「ピアスのキャッチが一個」

豆粒のような金属部品を見せられ、沙央は膝からくずおれてしまった。

「……顕正先輩」

「紛らわしい真似しないでよ、バカ！」

「感度はまああってことだ。この調子で家中見てみようね」

顕正は夏深にピアスキャッチを手渡し、カーペットを元に戻した。

しかしげんなりしている場合ではない。今日は卓次もいるし、沙央たちもいる。使える手数は、多いに越したことはないのだ。

「じゃ、あらためて探してみますか」

ハイとかオーとか適当な声があがり、響木邸探索が始まったのだった。

いざ捜索開始となると、沙央はカレンとペアを組み、玄関の靴箱から全ての靴を引っ張り出した。

「……にんにくにんにくにんにく」

シーズンオフの箱にしまったものや、フォーマルの靴まで全て、中敷きまで外してチェックするのだ。

「にんにくにんにくにんにく」

「聞いた、沙央ちゃん。これが終わったら、納戸にも入らないぶんがあるんですって。ほんと古い家って大変よね」

「にんにくにんにくにんにくにんにく」

「ちょっとそのブーツの箱、取ってくれる?」

「はいわかりました……ってダメだ! 混じっちゃったにんにくにんにく」

言われた物を渡しながら、必死に軌道修正を試みたら、カレンに怪しいものを見る目で言われた。

「それは、なに? 新手のカバディ?」

「カレン先輩は知りませんか? なくしたものが出てくるおまじないです」

『にんにく』と喋りながら探し物をすると、お見事出てくるらしい。

「……効果あるの?」

「いえ、初めてやることなんですけど。鹿乃ちんとあやとりサークルの子にアンケ取って、票が多かったのを試してみてるんです」

「そう……一位だったんだ……」

「喋りながら動くって、意外と大変なんですね。思ってることとにんにくってることが喋っちゃって混ざっちゃったりしてにんにく」

「しっかりして沙央ちゃん」

なんせ脳内のリソースが、常に『にんにく』と喋ることに費やされている状態なのだ。

カレンが言うように、カバディは過酷なコンタクト・スポーツなのかもしれない。

「やりづらいなら、普通に探した方が効率良くない？」

「……………それもそうですね」

残念だが、ルール変更でいこう。

「わー、さくさく手が動くー」

カレンが小さくため息をついた。そして沙央から受け取ったショートブーツの右足部分を持ち、逆さまにして何も出てこないかを確かめている。

「そもそも響木君が言ってる指輪、見つかるならいいけど。もしダメだった時のことは、夏深さんも覚悟して考えてるのかしら
ね」

「ちょっとカレン先輩！　今そういう不吉なこと考えるの禁止ですよ！　弱気はだめ！」

「……最善を尽くすのと、次善の策を練るのは両立すると思うけど」

「それでも今は集中してください」

試合中に負けるかもと思って勝てた試しなど、一度もないのだ。

「半年前で、指輪一個っていうのがね……」

「でも出てきたんですよね、カレン先輩の時は」

「ねえねえ、そこのお二人さん。良かったらちょっとこっち来ない？」

ふと見れば、顕正が廊下の奥から探知機片手に手招きしていた。

「なんか見つかったの？」

「まだだけど。卓次先生と夏深さんが、面白いこと始めてるんだよ」

なんだそりゃ。

沙央たちは靴箱捜索の手を止め、顕正のもとへ向かった。

そのまま移動したのは、一階の台所だった。

流しの下のU字トラップは、レンチで外されたまま戻っていない状態だったが、二人はダイニングテーブルの方に向き合っていた。

「何やってるんですか？」

「やあ。ちょっとダウジングを試してみようと思ってね」

卓次が朗らかに言うので、ぎょっとした。

「だう……じんぐ？　ですか？」

「そうだ。L字の棒や振り子を使って、水脈や金鉱を探す方法だよ。紀元前四、五千年前のエジプトまで歴史は遡れるんだ」

「すみません。ちょっと気になって質問すると、すぐこうなっちゃうんです」

かわりに夏深が申し訳なさそうに、苦笑いをしている。

「へえ……私、ちゃんとしたダウジングって見たことないかも」

カレンは興味を引かれたようだ。

「日本だと、弘法大師が井戸を掘った逸話がありますよね。杖で水脈を当てたとか」

卓次は「お。なかなかお詳しい」と嬉しそうだ。

「ダウジングは中世ヨーロッパで異端審問の道具に使われたり、アメリカのゴールドラッシュで金を掘るのに使われたり、ベトナムで地雷を探すのに使われたり、目的も扱いも時代によって様々だ。科学的な根拠は置いておくとしてもね、これで大勢の人が、目に見えないものを探してきたのは事実なんだよ」

卓次は説明をしながら、五円玉の穴に紐を通し、結んでぶら下げてみた。

吊されたコインが揺れるのをじっと見ていると、まるで自分が催眠術をかけられる前のような気分になってくる。

「これがね、ダウジングに使う振り子だ。先が尖った円錐形のものがわかりやすいが、こういうコインでもできる。今回は家の中の探し物だから、他に必要なのは家の間取り図だ。夏深さん、まずは一階の図面を描いてみてくれるかい」

「わ、私？」

「他に誰がいるんだよ。君しかいないでしょう」

「……急に言わないでよ、もう」

婚約者にバトンタッチされ、夏深がぼやきながら間取り図を作りはじめた。

やがてノートにフリーハンドの、響木家の一階部分が描き上がる。

「——よし、なかなかうまくできたね。今度はこれを持って」

自分で作ったコイン製の振り子を、夏深に渡す。

「間取り図の上に垂らして」

「こ、こう？」

「そうだ。目を閉じて、深呼吸をして、指輪をなくした日のことを思い出しながら、問いかける。繰り返して。『私の指輪はどこですか？』」

「……私の指輪は、どこですか?」

しばらくすると、ノートの上でくるくる回るだけだった五円玉が静かになり、今度は左右に揺れはじめた。

「そこまで。一回やめて」

卓次が手を置いて制止した。

「みんなは、今の軌道を見ていたね。左右に振れた動きを、紙の上に記録するんだ。誰かお願いできるかな」

「はい、私が」

カレンが挙手で立候補した。赤ペンと定規が渡され、手書きの間取り図の上に、赤く直線を書き込んでいく。

「これをね、何度も繰り返すんだ。間取りの同じ場所じゃなくて、位置も変えてね。そのたび軌道の直線を記録していくと、そのうち重点的に交差してくる箇所(かしょ)が出てくる。そこを探すんだ。『マップ・ダウジング』っていう技法だよ」

「……思ったよりも、系統だったやり方なんですね。統計取ってるみたいだ」

顕正の感想に、卓次は「その通り」とうなずいた。

「こういうダウジングでの探し物は、神仏や無意識の領域がどうというより、最終的には人の先入観を取り除くのに役立ってきたんじゃないかと私は思っているんだよ。『もう何度も探した』『まさかここにはないだろう』なんていう場所も、紙の上で指摘されれば一応見てみるだろう?」

「ああ、確かに」

「もっと正確な調査方法が発達すれば、必要なくなるものでもあった。人類の発展っていうのは、そういうものの積み重ねなんだよ」

卓次を中心に周囲が喋(しゃべ)っている間も、夏深が間取り図の上で振り子を振る作業と、それを記録するカレンの作業は続いていた。

「……ソーヤ君が言ってましたよ。先生の授業はいつも脱線ばっかりで、ぜんぜん本題が進まないって」

毎回こんな感じだったのではないだろうか。

「いや、これは耳が痛い。響木のやつは、そんなことを言ってましたか」

「はい。でも、面白かったとも言ってましたよ。先生が言ったこと、ちゃんと覚えてます」

それで別の人を、助けたこともある。

沙央の言葉が意外だったようで、卓次は照れたように頭をかいた。

「……そうか。それは光栄だな……」

なんだかちょっと可愛いぞと思ってしまった。見た目ムーミンのおじさんなのに。

きっと沙央も実際に授業を受けたら、毎日楽しかったに違いない。

「四条先生。ちょっと見てくれますか。交差した点が、一つにまとまってきた感じなんですが」

「お、どれどれ」

カレンに呼ばれ、実験結果のノートを覗き込んだ。

確かにカレンが言う通り、軌道を記録した赤線が、放射線状に集中した箇所ができていた。場所は――。

「これは……玄関か？」

「靴だ！」

やはり、あそこであっているのだ。沙央はがぜん盛り上がった。

「わたし、探すの戻ります！」

廊下をダッシュすると、開きっぱなしの靴箱や、沙央たちが玄関に引っ張り出したままの、大量の靴が見えてくる。

ちょうどピンポーンと、玄関のインターホンが鳴った。

「こんにちはー、ピザのお届けです」

引き戸も半分開いていたせいか、ピザ屋のお兄さんが、ピザの配達ケースを持って顔を出した。

「こちら響木さんのお宅ですよね。ピザ・ドナルドです」

必然的に、彼からピザの箱三箱と、サイドメニューが入った袋を受け取る沙央である。

「ど、どうも……お疲れ様です……」

「お代はクレジット決済で、すでにいただいております。またのご利用、よろしくお願いいたします！」

アルバイトとおぼしき配達のお兄さんは、いつかの沙央なみの威勢で挨拶をし、元気よく去っていった。門の前に停めた原付が、ブロロと遠ざかっていく音が聞こえた。

沙央は両手にピザとサイドメニューを持ったまま、後ろ向け後ろで、来た道を戻った。

そして、台所にいる人たちに報告した。

「……なんか、ピザが届きました……」

卓次が、顕正が、カレンが、黙って夏深を振り返った。

実際に振り子を持ってマップ・ダウジングを行った夏深の顔が、みるみると赤くなっていくのがわかった。

「…………お昼に届くよう注文して……そろそろ届く頃かなって……」

意識を向けすぎたか、玄関先に。

「恥ずかしい……」

「あっははは。すごい、ダウジング的確」

顕正含め全員で大笑いし、夏深は耳まで赤くなって顔を両手で覆った。

ひとまず休んで注文したピザを食べることにし、卓次がテーブルの沙央たちの顔を見回して、一人呟いていたのを覚えている。

「響木は幸せ者だ」――と。

本当のところはどうだかわからないけれど。

その日の捜索で、残念ながら指輪は出てこなかった。

＊＊＊

宗哉が一人暮らしをする部屋は、アパートの一階にあり、なまじ階段や玄関ホールと近い場所にあるせいで、色々な音が漏れ聞こえてくる。

業者が入居者用のメールボックスにポスティングする音はもちろんのこと、カレンが重い荷物を持って二階に上がる前、「さんのーが、はい！」と気合いを入れる癖も知っているし、明け方に帰ってくる顕正の足音を、見ざる聞かざる言わざるでスルーするのも、いつものことだ。

やたらと音をたてて館内を移動するのは、まず小田島沙央と思って間違いはない。

「だからー、先輩の案はそのままでいいじゃないですか。わたしはまだ諦めてないですし。ソーヤ君の部屋も一応見ましたけど、あんな面白みもない部屋ないですよ。すっからかんでベッドの下見ても空っぽなんですもん」

今も二階から階段を下りてきているようなのだが、沙央の声と足音しか聞こえてこないのが凄い。彼女がスマホなどで会話をしているのでなければ、相手の声も足音も一人でかき消していることになる。そして小田島沙央、おまえは今最低なことを口にしていないか。

「え、隠すならマットレスですか？　スマホの中までとやかく言う気はないですよもちろん」

というか何をおっ始めているんだよおまえら。壁越しに聞こえてくる内容に呆れつつ、私物のほとんどをつばめ館に移しておいて良かったと心底思った。

大方一緒にいるのは、浜木綿カレンか堀下顕正。あるいはその両方だろう。

ここ数日、沙央が彼らと連れだって出かけているのは知っていた。行き先は恐らく大泉学園にある、宗哉の実家だろう。こちらが取引材料に母の指輪をあげたものだから、夏深が大慌てで泣きついたのだろう。

泣きつく人間の周りには、親切で助ける人間がついてくるもので。薄々予想はついていたとはいえ、わかりやすい展開は面白いものではなかった。

なんとなく彼らが去るのを待ってから、ドアを開けて廊下に出た。

（……散歩でもするか）

一人で近所のコンビニまで行き、ついでに駅前の書店で文庫本を買い、戻ってきてからそれをベッドで読みつつ、あまりのつまらなさに流し読みで眠くなったら、逆らわずに寝落ちした。


——だから——変な時間に眠ったせいだろう。

その時宗哉が見たのは、やたらと彩度が高くてコントラストが激しい明晰夢だった。

（だれだ？）

宗哉は中学の頃の学ランを着ている。それで数ヶ月前まで住んでいた、死んだ人間が残した物の方が多いごちゃついた家の居間に、あぐらをかいて座っている。

同じ空間で正座をしているのは、姉の夏深だ。夜勤続きで疲れているのに、弟のことが気がかりで放っておけないお人好し人間。

『ねえ、どうしてもっと早く言ってくれなかったの？　高校行きたくないだなんて知らなかった』

『別に……行く意味あるのかって思っただけだ』

『あるに決まってるでしょう』

『浜乃屋のおやじさんが、卒業したらバイトで雇ってくれるって言うんだ。何年かしたら社員の口もあるって言ってる。だったら学費も時間も無駄じゃないか』

『それは本当に宗哉がやりたいことなの？』

そうだよ。一人前になれるなら、なんだっていいんだ。

だってうちは、稼げる人間が夏深しかいないだろ？　親戚って言ったって、叔父さん夫婦はあからさまに俺たちのこと邪魔に思ってる。

お荷物になるのは嫌なんだよ。それだけだ。

俺は早く一人前になりたい。一秒でも早く。いくら夏深のかわりに家事だのなんだのやったところで、それは根本的な解決にはならない。夏深の足かせを外してやりたいんだ。

そういう気持ちが胸の中にあっても、口にできるほど器用じゃなかった。

『高校は、ちゃんと行って。できれば大学も』

『自分は専門卒なのに？』

『宗哉のやりたいことをやらせてあげるのが、私の役目なの』

『そういうの死ぬほどいらない』

『宗哉！』

この時のやり取りは、よく覚えている。会話も服装もまったく一緒だ。でも場所は家の居間じゃなかった。

いきなりガラリと、横のふすまが開いた。

『はい、お待たせしましたね。響木とお姉さん。遅れてすみません』

背広姿の四条卓次が、分厚い資料ファイルを小脇に抱えて居間に踏み込んできた。

おいやめろよ。勝手に入ってくるなよ。ここは俺の、俺と夏深の居場所だぞ。

卓次はファイルを座卓に置き、汗で曇った眼鏡（めがね）をハンカチで拭くと、人の好さそうな馬面（うまづら）にかけ直して笑った。

『それじゃ、今から一緒に考えていきましょう。どうしたらみんな納得して幸せになれるか。大丈夫、道は沢山（たくさん）あるはずですよ』

それは夏深と一緒に受けた教室でのレクチャーで、宗哉以上に夏深の心に深く浸透したのだと今なら思う。

（夏深は幸せになりたいんだ、ずっと）

自分ではその助けになれないことを、今の状態では彼女の幸せがないことを、認めたくはなかった。考えるだけ自分がきしむから。

かわりに色々なものに手を出した。自分を偽れるものだったら、たぶんなんだって良かった。

そして宗哉が目を覚ましたのは、まるであの頃の心象風景そのままの、きしんだ悲鳴が聞こえてきたからだ。

（……誰だ？）

同時にもち丸らしき吠え声もしたので、誰かが表の門を開けて、中に入ってきたのだとわかった。

宗哉はベッドから起き上がると、寝汗ですっかり湿った格好のまま、窓越しに様子をうかがった。そして、見えたものに息をのんだ。

すぐさま『2』号室の部屋を飛び出し、玄関ホールを抜けて表へ出た。

あたりはすでに薄暗くなっていた。青と橙が混じった黄昏時の庭を、こちらに向かって歩いてくるのは、夢の続きのような背広姿の男だった。

「やあ、響木。わざわざ迎えに出てくれるとは、嬉しいね」

「……夏深は？」

「いないよ。私一人で来たんだ」

四条卓次は率直に答え、宗哉の背後にあるつばめ館の建物を見上げた。

「中に入ってもいいか？」

「嫌です」

秒で答えた。

「もう家庭訪問する権限なんて、そっちにないでしょう。要件があるなら、ここでお願いします」

「――わかった。夏深さんは、今日も練馬の家にいるよ。響木の先輩や友達が来ているのは、知っているだろう」

「頼んでないですけどね」

「ああ。それでもすごく熱心だ。この間は堀下君が、庭で色々見つけたそうだよ。探知機を使って自転車の鍵とか、地面に埋めてあったお菓子の缶とか」

宗哉は内心、舌打ちしたくなった。缶は宗哉が小学校低学年の頃に、軒下近くに埋めたものだ。本当にあの連中、敷地一帯丸裸にしようとしているようだ。

　おせっかい。どうしようもない。

「……大したものはなかったでしょう。ガラクタばっかりだ」

「そうでもない。これは響木の大事なものだと思って、預かってきたんだ」

卓次が通勤鞄（かばん）から、ジッパー付きのビニール袋に入った『缶の中身（ガラクタ）』を取り出した。

「外の缶は残念だが、錆（さび）がひどくてな」

『遊（ゆう）☆戯（ぎ）☆王（おう）』のレアカード。幼稚園の時に貰（もら）った、運動会一等賞のメダル。それと、姉の夏深が作ってくれた、飼い犬そっくりのワッペンと、そのとき一緒についてきた手紙。

　あの頃の宗哉の宝物だ。


『だいすきなそうちゃんへ。

　6さいのおたんじょうび、おめでとう。

　4がつになったら、1ねんせいだ。ジャックといっしょに、しょうがっこうにいこうね！

ナツミより』

　本当はワッペン付きのサブバッグだったのだが、本体の方を使い倒して破れてしまったので、母に頼んでワッペンだけ切り取ってもらったのだ。覚えている。

あの頃はまだ親がそろっていた。家族で行った遊園地のクッキー缶に、こういうものを入れて埋める余裕もあった。あったのだ——。

「これを見た時な、先生はつくづく思ったんだ。おまえたち、本当に仲がいい姉弟だったんだろう。もうこんなことはやめさせなくちゃいけないってな」

「……こんなこと？」

「ありもしない指輪を探させるのは、楽しいか、響木」

宗哉は自分の血管の中を巡る血と、呼吸の音を、急に意識した。

心臓が強く脈打っている。

「意味がわかりません」

「これ以上、お姉さんを苦しめるのはやめるんだ」

「何が言いたいんですか。遠回しに責められても、俺には通じませんよ」

「そうか……じゃあ直接言おう。いつだったか、暗号の総当たりの例で話したことがあったな。０から９まで四桁(けた)の数字の組み合わせは、総当たりで試すと10×10×10×10で一万通りやる必要がある。だからロッカーの南京錠を開けたいなら、一回三秒かけるにしても八時間以上かかるって話だった」

「それが何か」

「ただこれは、順番まで合わせる必要がある、ダイヤル式の南京錠の場合だ。こういうボタン式の鍵は、任意の四つの数字が押せればすぐに開く」

卓次が見せたのは、スマホに撮ったスーツケースの写真だった。鍵の部分がアップになっている。

「これは総当たりでやっても、十分もかからない。たとえ自転車の鍵だろうが、ボタン式のものは選ぶな。そう話したのを、響木は忘れていないと思うんだ。違うか？」

相手が何を言わんとしているか、はっきりとわかって全身の血が燃えた。同時に視界はクリアになり、敵の顔がはっきり見えた。

「俺が夏深のスーツケースから、指輪を盗んだって言いたいんですか」

「響木。このことは誰にも言わない。黙って指輪を私に渡すか、自分の口で和解すると言うか選ぶんだ。これ以上まわりを振り回すな」

「冗談じゃない。俺に執着して粘着してるのは、夏深の方だろう。それで結婚してくれないのを俺に当たるなよ」

宗哉は息を呑んだ敵の顔を見て、久しぶりに爽快感に似たものを覚えた。図星を指せたのだと思った。

笑いがこみ上げながら、もっと指してやりたい欲が出てきた。

「あんたも大概みじめだよな。誰でもいいから寄りかかりたがってる小娘つかまえて、うまく事が運べると思ったらこんなところで足踏みくらってるんだから」

その瞬間、宗哉は卓次に拳で殴りつけられていた。

衝撃によろめいたところを、吊り上げるように胸ぐらをつかまれる。背後の庭木へ押しつけられていた。

「……いいか。俺のことはなんと言っても構わない。だが夏深さんのことは侮辱するな」

日頃の温厚で小太りな教師像からは、想像ができない力だった。恋人を守ろうとする男の目だった。

(ああ——そうだよな。そっちの方が偽善で教師ぶられるよりよっぽどいいわ！)

宗哉も相手の脛を、全力で蹴りつけた。締め上げられていた手が緩んだ瞬間、こちらも殴り返した。もみあいになろうとした瞬間、文字通りの冷や水がかかった。

「——」

何がなんだかわからなかった。

つかみかかっていた宗哉も卓次も頭からずぶ濡れで、そして少し離れたところに、金属バケツを持ったまま肩で息をしている小田島沙央がいた。

そのバケツ、福子さんが掃除に使ってるやつじゃねえの。行為の意味を問う前に、道具のことを冷静に突っ込む自分もいた。

「……そこまでにして。卓次先生は、ソーヤ君から早く離れて」

「小田島君。これは――」

「理由があるって？　理由ってなんですか？　これ見てもまだ同じことが言えますか⁉」

沙央はジーンズのポケットから、見せつけるように金色の指輪を取り出した。

驚く宗哉以上に、卓次の顔から血の気が引いていった。

「……見つかったのか」

「ええ、ついさっき！　おあいにく様！」

沙央は泣きそうだった。

「馬鹿ですよ先生。何があっても先生と夏深さんだけは、ソーヤ君のこと信じてあげなきゃいけなかったのに……！」

言葉を詰まらせる沙央の前で、卓次が恐る恐るこちらを振り返った。目が合ったら、向こうは無念そうに瞼をつぶり、水滴に濡れた眼鏡を取って頭を下げた。

「すまなかった、響木」

何か言い返すべきだったのかもしれないが、その時は何も出てこなかった。

卓次はそのまま、水をかけられた格好をいっさい取り繕わず、一人つばめ館を出ていった。耳障りな音をたてる門扉が、入ってきた時と同じように高く鳴いて、また元の位置におさまった。

離れの柴犬が尾を振り、そして宗哉の前には沙央がいた。

彼女は持っていた指輪を、無造作に宗哉へ投げ渡した。そしてまだ怒った目をして言った。

「そういうわけだから。約束は守ってよね」

「……どこにあったんだ？」

「どこにって……簞笥の裏だよ！」

簞笥の裏。なるほど。

決して宗哉自身が許されたわけではないのは、今の声と一瞥でよくわかった。むしろ骨の髄まで軽蔑された感じだろうか。

宗哉は、自分の体に当たって落ちた指輪を、ずきずきと痛む指で拾いあげた。

「みんな心配してるんだよ、ソーヤ君のこと」

「知ってる。でも、それが一番重くて煩わしい」

夏深も、卓次も。決して宗哉が望む形ではなく、けれど純度だけは高い思いやりが、こちらには溺(おぼ)れそうなぐらい息苦しいのはどうすればいい。

「向き合わなくてもいいよ。きっと少しずつ慣れるから。ただね、完全に背中は向けないで。斜め向いてもどこにいてもいいから、呼ばれたら返事をしてあげて」

――返事を。

まともな回答が来るとは思っていなかったが、もしかしたらそれは、彼女自身の経験談なのかもしれない。派手な挫折(ざせつ)と周囲の雑音から生き延びた、たぶん自分以上の生還者(サバイバー)が沙央だから。

水をかけたバケツを置いて、彼女がつばめ館の中へ入っていく。

宗哉は握りしめてすっかり温まった指輪を、あらためて空にかざした。

東の空には、細い三日月。指輪に重ねれば欠けが消える。

口の中は、殴られたせいで錆びた鉄の味がした。

＊＊＊

(――うっそ。まだいたの？)

夜になって寝ようとして、窓からまだ宗哉の姿が見えた時は心底驚いた。

沙央は慌てて『5』号室の部屋を出て、階段を駆け下りて宗哉のところへ行った。

彼は玄関ポーチの段差に腰掛けていて、ポーチライトの小さな明かりだけを便りに、何をするでもなく手元の指輪をじっと見ていた。

「そんな見てたって、何も変わらないよ」

沙央は後ろから声をかけた。

宗哉が、ゆっくりと振り返る。沙央は軽く笑って、そんな彼の隣にしゃがみこんだ。

「ここさ、蚊とかいないの？　平気なの？」

「さあ。いたところでもう手遅れだろ」

「せっかくの美人さんなのに。明日になったら大変なことになってるかも」

「水ぶっかけといてよく言う」

それは二人の喧嘩(けんか)を止めるために、致し方なかっただけだ。割って入って一人ずつ投げ技や足技をかけるよりは、ずっとましだろう。

あらためて近くで見ると、虫刺されの痕よりも、切れた口元の方が気になった。

「怪我(けが)、大丈夫？」

「触るなよ」

試合や練習で流血するのは見慣れているが、彼は殴るのも殴られるのも慣れていない。

きっとすごく傷ついている。

「一人で何考えてたの？」

「……別に……なんでこうなったのかとか。約束は約束だから、守らなきゃいけないんだよなとか。夏深に連絡するのすげえだるいとか。そのへん色々と」

「連絡するんだ、お姉さんに」

宗哉は、小さくだが、うなずいた。間違いない。思ったら胸が熱くなった。きっと彼の中にも、沢山の痛みや葛藤はあるだろうに、それでも下した決断を讃えたかった。

（よしよし、偉いぞ）

沙央はしゃがんだまま、また一歩近づいて、宗哉の肩を引き寄せた。

練習以外で男子とここまで接近するのは初めてのことで、恥ずかしさよりも勝るものがあるのだと思った。

これは傍らにいる者への、ねぎらいの気持ちのようなものだった。

「ほんと偉い」

宗哉にも思いが通じたのか、今度は抵抗しなかった。しばらくしてネコのように額を押しつけられた時は、ふわふわと心の中に甘いものが灯った。

（なんていうか、ほら、本当の意味での『胸を貸す』ってやつですよ）

そして聞くところによると、あのあと宗哉はちゃんと約束を守り、夏深に和解を申し出て、卓次にも謝罪したらしい。なんと言ったか内容までは定かではないが、夏深からも嬉しい声の電話が来たので、一歩どころではない前進だったのだろう。

晴れて二人を祝福する立場になった宗哉は、あらためて、とある相談を沙央たちに持ちかけたのだ。

「ごめん沙央ちゃん、もう一回だけ確かめてみてくれない？　やっぱりちょっと真ん中ずれてる気が」

本日の堀下顕正は、珍しく朝からそわそわして落ち着きがない。チャコールグレーのスーツにシルバーのネクタイと同色のベストで正装した格好のまま、備品のサイドテーブルを持って右に左にうろうろしている。

沙央はラウンジの入り口に立ち、真っ直ぐ右手をのばした。

「そこで止まってください！　ドンピシャです」

「わかった。ここだね」

「往生際（おうじょうぎわ）が悪いわよ、寺の息子。じたばたしないの」

そう言う浜木綿カレンも、ボートネックの青いパンツドレスで着飾っている。いつも結ぶかまとめるかしている髪を下ろしているので、非常に華やかだ。

今日は月に一度の、つばめ館恒例ポットラック・パーティー。九月の大安吉日(たいあんきちじつ)に共催されたのは、とある夫婦の結婚式なのである。

「だってさ、自信ないよ。僕が結婚式の立会人なんて」

「人前式なんだから、作法(さほう)とか細かいことは抜きにしていいわよ」

「だったらなおさら寺とか関係ないじゃないか……」

顕正は情けない声でぼやいた。

「悪いね、無理を言って」

黒のタキシード姿で詫(わ)びたのは、本日の主役の一人、四条卓次だ。年齢不詳のムーミン先生も、今日は上から下までびしっと決めて立派だった。

「とんでもないです。お祝いしたい気持ちは、僕らみんな一緒ですから」

「そうですよ。気にしないでください」

「――ごめんなさいね、皆さん。そろそろお式を始めてもよろしいかしら」

ドア付近に立つ柳沢福子が、時間だと呼びかけた。彼女も目が覚めるようなカナリア色のアフタヌーンドレスを着ている。それでふらふらしていた沙央も、慌てて所定の位置についた。

あらためて福子が扉を開けると、外で待機していた二人が、ラウンジ内に入ってくる。

(――夏深さん、綺麗だ)

テーブルと椅子を取り払った、いつもより広い室内を進んでいくのは、真っ白いベールにウェディングドレスを纏った花嫁と、傍らで彼女をエスコートする弟だ。

夏深のドレスは胸元から足下へすとんと流れ落ちるデザインで、装飾はほとんどない。白いカサブランカのブーケを持って歩く姿は、古代の女神様もかくやという美しさだった。

顕正の前、そして卓次の隣まで歩いてくると、二人は歩みを止めた。

「それでは、これから四条卓次さんと、響木夏深さんの結婚式を執り行おうと思います。皆さんよろしくお願いいたします」

いったん始まれば笑顔で喋る顕正と入れ替わるように、夏深の隣にいた宗哉が、一歩二歩と後ずさりして、沙央の隣に並んだ。

「もうちょっと前にいればいいのに」

小声で話しかける。

「もう義務は果たした」

同じく小声で反論された。

つばめ館で式ができないかと相談してきたのは宗哉だが、礼服を着て姉の隣を歩いただけでも、充分大事なのかもしれない。

人前式ということで、誓いを立てる相手は神様ではない。この場にいる沙央たちが、二人を見守って証人になるのだ。

手作りの結婚証明書にサインをしてもらい、新しい指輪を交換する。

このあたりで宗哉の顔が引きつってくるのがわかって、目の前の式進行よりそちらが気になって仕方なかった。

「はい、続きまして誓いのキスを」

顕正の勧めで、夏深と卓次が口づけをかわす。

身長差がほとんどないカップルのキスを、宗哉は沙央の横でしっかりと目撃し、何かを飲み込むように喉(のど)を上下させ、深呼吸の後で拍手に加わった。

——ようし、よくやったぞシスコン。

沙央も手を叩きながら、一緒に宗哉のことも褒めてやりたくて仕方なかった。

ラウンジでの挙式が終われば、あまりのんびりもしていられない。その足でつばめ館の庭に出る。

　運び出しておいた丸テーブルにテーブルクロスをかけ、作り置きしていた料理を並べ、休憩用の椅子やサイドテーブルも適当に置いて、第二部のポットラック・パーティーがスタートだ。

　セッティングがおおむね完了したところで、玄関ポーチで待つ新郎新婦に声をかけた。

「どうぞ、卓次先生と夏深さん！　こちらにお座りください！」

　幸いにして天気は良く、福子が手塩にかけて育てている花壇の花々も元気だ。ゲストには、秋咲きの薔薇がよく見える場所に座ってもらった。

「本当に綺麗」

　夏深が自然光の下、風に揺れる緑を眺めて目を細める。たぶん、そう言う夏深が一番綺麗に違いないと沙央は思った。

　メインの丸テーブルの上には、つばめ館のみんなで持ち寄った料理がある。

　日頃は『肉枠』担当のカレンが、今日のためにローストビーフとチキンサンドを作り、福子がローストビーフに添える、マッシュポテトとミモザサラダを提供してくれた。買い出し担当の顕正は、シャンパンなどの飲み物をそろえ、未成年が二人いるからと、ノンアルコールの白葡萄ジュースも買ってきてくれたらしい。

ポットラック・パーティーとしては頑張った方だと思うが、全員が一度に座りきれないので基本は立食だし、カトラリーも盛り付けも、一生に一度の式というには統一感がなくて、あらためて見ると心配になってくる。

「あの……いいんですか、夏深さん。ちゃんとしたレストランだったら、もうちょっとお料理とかも立派になったと思うんですけど……」

心許ない気分で沙央が訊ねると、夏深は隣の卓次と目を合わせ、微笑ってうなずいた。

「お店じゃなくて、ここが良かったんです」

「そうです。こんな嬉しいことはないですよ。参加を許してくださってありがとうございます」

「いえいえ、楽しんでいってください」

「――はいならどうぞ、これ飲んでください」

横から宗哉がやって来て、新郎の席にラーメン丼を置いた。

大きな器になみなみと注がれているのは、世界三大スープのうちの一つ――エビと唐辛子がぷかぷか浮かぶトムヤムクンだ。

宗哉は注ぐのに使ったお玉の先から、まだぽたぽたと雫を垂らしつつ、据わった目をして言った。

「沢山ありますから。おかわりどんとこいです」

「いや、響木……だからってこの量は……」

「なんですか、まさか俺が丹精込めて作ったものが口にできないっていうんですか。今日のためにレモングラスとかハーブもわざわざ揃えたんですよ。タイの唐辛子も。シメジやマッシュルームで適当にすまさないで、フクロダケの缶詰も使いました。あなたそれを無にするって言うんですか、ねえ」

「だからわかるんだ。この数でこの唐辛子はやばい。せめてもう少し手心を」

「加えるわけないだろ。もう先生でもなんでもない身内なんだから。はい大きくお口をあーんしてお義兄様」

　やけくそになっているのかもしれないし、これはこれで新しい関係なのかもしれない。傍らで見ている夏深が、本当に幸せそうに笑っているので、きっとありなのだろう。

　なし崩しに食事開始になったので、沙央も自分のぶんをメインテーブルに取りに行った。

（さーて。何食べようかな）

　カレン作のローストビーフに、サンドイッチ。ミモザサラダは本当に緑の中で、黄色いミモザの花が咲いているような外見だ。実際は、グリーンサラダの上に細かく切って散らした卵の黄身が正体らしい。福子いわく、ドレッシングは真っ白いヨーグルト風味だという。

沙央は迷った末、怖い物見たさで宗哉のトムヤムクンも貰うことにした。なんだかんだと言って、奴が作る料理は丁寧でちゃんとしているのだ。まさかこれだけの食材を、ネタで無駄にすることはあるまい。

鍋ごとそのまま置いてあるので、スープカップにちょっとだけ注ぎ入れ、テーブルに戻る前に味見をしたら、それはもう天地がひっくり返るぐらいに辛かった。

「――っかー」

辛い上に、レモンの酸味とハーブのさわやかな香りが口いっぱいに広がり、何よりエビとキノコの出汁がぐっとくる。この後から波が押し寄せるような旨みを、なんと申しあげればよいか――。

「つまるところおかわりですよ！」

すぐさま引き返して、発汗作用で顔を赤くしながらいそいそトムヤムクンを注ぎ足していると、横に音もなく人が立った。

「――どうしたの？」

当の宗哉だ。

彼は小難しい顔つきで、テーブルの上を見回している。

「どれ？　小田島が作ったのって」

「ああ、それ。そこのフルーツポンチ」

今回はちゃんと作ったのだ。

水と氷が入った金属バットがあり、その上で大きなガラスボウルが冷えている。中で泳ぐカットフルーツがカラフルで涼しげで、目にも嬉しい仕様だ。

「フルーツポンチ……缶詰の果物を汁ごとぶちこんで、炭酸ぶっかけただけのもんを、偉そうに……」

「でもちゃんと一品だよね！　紙皿でも貰ったもんでもないし」

白桃、黄桃、パインにミカンにサクランボと、手に入るかぎりの果物缶詰を、無糖サイダーとともに器に注いでできあがりだった。果物とシロップの甘さがあるので、サイダーを甘くしないのが工夫（くふう）のしどころだ。炭酸の泡（あわ）と苦みでさっぱりいただける、意外に大人なデザートなのである。

「福子さんがねー、これなら絶対失敗しないって」

「どうやっても俺からは教わりたくないんだな、小田島は……」

逆に聞くが、なんでそんなに教えたがるのだ、君は。

宗哉はぶつぶつ文句を言いながらも、沙央が作ったフルーツポンチをガラスの器によそっている。

宗哉の移動先が、夏深たちとは少し離れた場所の椅子だったので、沙央もその場でトムヤムクンをいただくことにした。

「ところで小田島」

「なに？」

「小田島が俺によこした指輪。あれ偽物だろ」

口に力を入れた。もう少しで噴くところだった。

しかし噴かないかわりに強引に飲み下した激辛スープは、沙央の鼻から食道にかけての粘膜(ねんまく)をまんべんなく灼(や)いた。辛いを通り越して激痛だった。

「………ほんと嘘つくのヘタだよな」

「だっ、だれもっ、なんも言ってなっ！」

「じゃ、違うのか？」

目を見て問われ、即答できなかった。負けだった。

「やっぱりな」

「……やだもう……自分が嫌だ……」

宗哉は愉快そうに口の端を歪めている。意地悪野郎の真骨頂(しんこっちょう)だ。もはや自分で自分を呪うしかなかった。

確かに宗哉が言う通り、あの指輪は本物ではない。響木家をぎりぎりまで探しても、見つからなかったのだ。

「なんでわかったの？」

「内側のシリアルナンバーが、覚えてるのと違う感じがした。あと磨いたにしても新しすぎる」

「そっか。だろうね。フリマアプリで手に入れたやつだもん」

いわゆる結婚指輪として使われるものが、ああも激安で売りに出ていることにびっくりしてしまったが、おかげで本物と同じデザインの指輪を、即決で手に入れることはできた。そこにもともとのイニシャルと日付を彫り込んで、擬態完成である。宗哉に渡したのは、そういう次善の策で、最悪の事態に備えてのダミーなのである。

計画の詳細を聞いていなかった卓次が、先走って暴走したのは予想外だったが、一回探して出てこなかった時点で、手は打ってあったのだ。

（まあ考えて手配したのは、ほとんど顕正先輩とカレン先輩だったけどさ）

沙央はため息をつく。

「ケースも証明書もないから、押し切れるって先輩たち言ってたんだけどなあ……」

「残念だったな」

本当に悔しい。宗哉の観察眼と記憶力を、甘く見ていたのかもしれない。

「あ、でも、だったらなんでそう言わなかったの？　偽物だって言えば良かったのに」

「それこそ馬鹿だろ。先輩方が言う通り、物証がなんにもないからだよ。俺の記憶と違うだけじゃ、難癖にしかならない」

それもそうか。

夏深が指輪の紛失に気づいた二月の末、宗哉も思い当たるところを見てはみたらしい。しかし結果は沙央たちと似たようなもので、沙央たちよりも見切りが早かった彼は、早々にゴミ出しのミスで回収不能を一番に考えていたそうだ。沙央が言った箪笥の裏など、とっくに探し済みだったのだ。

「正直出てくるとは思ってなかったし、本当に本物かどうかの確認は、小田島をつついて口を割らせるぐらいしか策はなかったんだけどな……」

「あああ……」

ごめんなさいカレン先輩、顕正先輩。まんまとその、唯一の策にはまりました馬鹿野郎です。

「……あとはまあ、いい加減、俺自身もわかってたからだと思う。どこかで終わりにしなきゃいけないって」

　情けなさに頭を抱える沙央の隣で、宗哉は目の前の庭を見ている。

　多少の物寂しさはあるようだが、その目に前のような怒りの火はなかった。つばめ館の古い建物と、テーブルの上の持ち寄り料理と、幸せそうに笑っている姉夫婦の姿を、一枚の絵のように眺めている。少し遠いこの場所から。

「許すきっかけが欲しかったんだ。だから小田島たちには感謝してる」

　──こんなことを言われては、沙央の方が感極まりそうだ。

　すごく嬉しい。

「へ、へへ。どういたしまして」

「本当に……」

　宗哉が、ぎこちなくこちらを向いた。

「今日の服……自分で選んだのか？」

　沙央の本日のコーディネートは、袖(そで)のところでシフォンの切り替えが入ったブラウスと、膝下丈のタック入りスカートである。

　ブラウスは肩のガンダムが目立たない切り替え位置であることを最大限に注意し、スカートは張りのある素材で広がりすぎないことを念頭に置いてみた。ウエストは、単品の太さは考えずにとにかく括れがある一点を狙ってマークした。

「そう。ソーヤ君の教えを守ってみたよ。まあまあでしょ？」

「というか……——よ」

え、なんだって？

男のくせに蚊の鳴くような声だったので、ぜんぜん聞こえなかった。まさか可愛いのはずはないだろうし。

「沙央ちゃん、こっち来てこっち！」

夏深たちと一緒にいるカレンが、沙央の名を呼んだ。だから沙央はちょっと聞き返したい気持ちがありながらも、そちらへ向かうことを選んだのだ。

「はーい、今行きまーす！」

九月は大安吉日、風が穏やかな午後だった。

＊＊＊

つばめ館の敷地内に、入居者とゲストの笑い声が響く。それは柳沢福子が、心躍る瞬間の一つである。

「若いって素敵よね」

木陰のガーデンチェアに腰を落ち着け、しみじみ感想を呟いたら、隣でローストビーフを頬張っていた響木宗哉が、不服そうな目を向けた。

口の中のものを飲み込んでから、あらためて反論してくる。

「何がですか。どこがですか」

「あら。響木君はご不満？」

「不満なんてもんじゃなくて」

宗哉はローストビーフの皿を持ったまま、険のある眼差しを建物の方角へ向けた。

そこではちょうどつばめ館で式を挙げたばかりの新郎新婦と、入居者の浜木綿カレンと小田島沙央が、歓談し戯れているところだった。

新婦からウェディングドレスのベールを貸してもらった娘たちが、お互いにかぶり合いっこをしていて、なんとも微笑ましい光景だ。ちょうど今は、沙央がベールを身につけている。白いチュールレースの内側から、福子たちに向かって手を振った。

「おーい、ソーヤ君！　ソーヤ君もこれつけてみない？　絶対似合う！」

満面の笑みの沙央とは対照的に、宗哉の顔つきはいっそう渋くなるのだった。

「……男扱いされてないと思うんですが、マジで」

「まあまあ、あらまあ」

「だったらさ、宗哉。まず女装やめればいいんじゃないの?」

重みのない提案をするのは、同じつばめ館の住人、堀下顕正だ。彼は自分が買ってきたシャンパンを、自分で開けて飲んでいる。

「両立できないもんですかね」

「あ、やめる気はないんだ」

若い入居者たちの、真剣なトークがおかしくて、福子はつい声に出して笑ってしまうのだ。

どうか沢山(たくさん)悩んで考えて、より良い明日を迎えてほしい。そのための安心して眠る場所であり、食事をとる場所であり、自分では解けないひとときの謎を解く場でもあるのだ。

直接言ったことはないが、つばめ館とはそういった場所なのだ。

※この作品はフィクションです。実在の人物・団体・事件などにはいっさい関係ありません。

集英社オレンジ文庫をお買い上げいただき、ありがとうございます。
ご意見・ご感想をお待ちしております。

● あて先
〒101-8050　東京都千代田区一ツ橋2-5-10
集英社オレンジ文庫編集部 気付
竹岡葉月先生

つばめ館ポットラック
～謎か料理をご持参ください～

集英社
オレンジ文庫

2021年9月22日　第1刷発行

著　者　竹岡葉月
発行者　北畠輝幸
発行所　株式会社集英社
〒101-8050東京都千代田区一ツ橋2-5-10
電話【編集部】03-3230-6352
【読者係】03-3230-6080
【販売部】03-3230-6393（書店専用）
印刷所　大日本印刷株式会社

ISBN 978-4-08-680408-0 C0193

集英社オレンジ文庫

竹岡葉月

谷中びんづめカフェ竹善（ちくぜん）

シリーズ

①猫とジャムとあなたの話

実家から送られてくる大量の野菜を使いきれず捨てようとした女子大生の紬。近くでカフェを経営する英国人のセドリックの誘いで、野菜を保存食にしてもらい…？

②春と桜のエトセトラ

セドリックの義理の息子・武流が飼っていた猫が行方不明に。居場所をつきとめたものの、取り返すかわりに紬たちはある女性の「思い出の甘い麦茶」を再現することに!?

③降っても晴れても梅仕事

新しくできた高級食パン店の女性店主が竹善を気に入ってコラボ商品の開発を提案した。店主は竹善のジャムだけではなく、セドリックにも興味津々で!?

④片恋気分の林檎フェス

ネットに竹善の悪評口コミが！　憤慨する紬は友人たちと協力して犯人を特定するが、その動機は予想外のもの!?　そして、ほのかに芽生えた紬の想いの行方は…？

好評発売中

【電子書籍版も配信中　詳しくはこちら→http://ebooks.shueisha.co.jp/orange/】